COLLECTION FOLIO

Romain Gary

Une page d'histoire

et autres nouvelles

Gallimard

Ces nouvelles sont extraites du recueil
Les oiseaux vont mourir au Pérou (Folio n° 668).

Romain Gary, pseudonyme de Romain Kacew, né à Moscou en 1914, est élevé par sa mère qui place en lui de grandes espérances, comme il le racontera dans *La promesse de l'aube*. Pauvre, «cosaque un peu tartare mâtiné de juif», il arrive en France à l'âge de quatorze ans et s'installe avec sa mère à Nice. Après des études de droit, il s'engage dans l'aviation et rejoint le général de Gaulle en 1940. Son premier roman, *Éducation européenne*, paraît avec succès en 1945 et révèle un grand conteur au style rude et poétique. La même année, il entre au Quai d'Orsay. Grâce à son métier de diplomate, il séjourne à Sofia, La Paz, New York, Los Angeles. En 1948, il publie *Le grand vestiaire*, éducation sentimentale d'un adolescent au lendemain de la guerre, et reçoit le prix Goncourt en 1956 pour *Les racines du ciel*, fresque de la vie en Afrique Équatoriale où un idéaliste, Morel, a décidé de sauver les grands troupeaux d'éléphants que les Blancs et les Noirs menacent d'exterminer. Consul à Los Angeles, il épouse l'actrice Jean Seberg, écrit des scénarios et réalise deux films. Il quitte la diplomatie en 1961 et écrit des nouvelles, *Les oiseaux vont mourir au Pérou (Gloire à nos illustres pionniers)* et un roman humoristique, *Lady L* avant de se lancer dans de vastes sagas : *La comédie américaine* et *Frère Océan*. Sa femme se donne la mort en 1970 et les romans de Gary laissent percer son angoisse du déclin et de la vieillesse : *Au-delà de cette limite votre ticket n'est plus valable*, livre cru et dur, mais aussi roman d'amour et de tendresse dans lequel Gary s'attaque au sujet tabou de l'impuissance sexuelle, *Clair de femme*, chant d'amour à cette «troisième dimension de l'homme et de la femme : le couple», et *Les cerfs-volants*, ultime roman qui renoue avec le temps du nazisme et de l'Occupation. Romain Gary se suicide à Paris en 1980, laissant un document posthume où il révèle qu'il se dissimulait sous le nom d'Émile Ajar, auteur de romans à succès : *Gros-Câlin, L'angoisse du roi Salomon* et *La vie devant soi*, histoire d'amour d'un petit garçon arabe pour une très vieille femme juive, qui a reçu le prix Goncourt en 1975.

Découvrez, lisez ou relisez les livres de Romain Gary :

L'AFFAIRE HOMME (Folio n° 4296)

ÉDUCATION EUROPÉENNE (Folio n° 203)

TULIPE (Folio n° 3197)

LE GRAND VESTIAIRE (Folio n° 1678)

LES RACINES DU CIEL (Folio n° 242)

ODE À L'HOMME QUI FUT LA FRANCE (Folio n° 3371)

LA PROMESSE DE L'AUBE (Folio n° 373)

LES OISEAUX VONT MOURIR AU PÉROU (GLOIRE À NOS ILLUSTRES PIONNIERS) (Folio n° 668)

LADY L (Folio n° 304)

LA COMÉDIE AMÉRICAINE :

LES MANGEURS D'ÉTOILES (Folio n° 1257)

ADIEU, GARY COOPER (Folio n° 2328)

FRÈRE OCÉAN :

LA DANSE DE GENGIS COHN (Folio n° 2730)

LA TÊTE COUPABLE (Folio n° 1204)

CHARGE D'ÂME (Folio n° 3015)

et sous le nom d'Émile Ajar :

Pour en savoir plus sur Romain Gary :

Le luth

nuisent pas toujours à progresser. Et peut-être n'y

Grand, mince, de cette élégance qui va si bien avec des mains longues et délicates, aux doigts qui semblent toujours suggérer toute une vie d'intimité avec les objets d'art, les pages d'une édition rare ou le clavier d'un piano, l'ambassadeur comte de N... avait passé toute sa carrière dans des postes importants, mais froids, loin de cette Méditerranée qu'il poursuivait d'une passion tenace et un peu mystique, comme s'il y avait entre lui et la mer latine quelque lien intime et profond. Ses collègues du corps diplomatique d'Istanbul lui reprochaient une certaine raideur, qui paraissait s'accorder assez mal avec son goût de la lumière et de la douceur italiennes, qu'il avouait du reste rarement, et aussi son manque de liant ; les plus perspicaces ou les plus indulgents y reconnaissaient la marque d'une sensibilité excessive ou même d'une vulnérabilité que les bonnes manières ne suffisent pas toujours à protéger. Et peut-être n'y avait-il dans son amour de la Méditerranée qu'une sorte de transfert, et qu'il donnait au ciel, au soleil, aux jeux tumultueux de la clarté et de l'eau tout ce que les restrictions de son éducation, de son métier et, sans doute aussi de son caractère, l'empêchaient de donner librement aux êtres humains ou à un seul d'entre eux. Il avait épousé à vingt-trois ans une amie d'enfance, ce qui n'avait encore été pour lui qu'une façon d'éviter d'aborder le monde des étrangers. On disait de lui qu'il offrait l'exemple rare du diplomate qui avait su défendre sa personnalité contre une emprise trop totale de ses fonctions ; il affichait d'ailleurs un léger dédain à l'égard des hommes qui, pour employer ses propres mots, « avaient trop l'air de ce qu'ils vendaient », et cela, expliquait-il à son fils aîné qui venait de le suivre dans la carrière, en dévoilant trop clairement les limites d'une personnalité, n'est jamais ni à l'avantage de l'homme ni à celui de sa profession. Cette réserve ne l'empêchait pas d'avoir un goût profond de son métier, et, à cinquante-sept ans, à son troisième poste d'ambassadeur, au sommet des honneurs et père de quatre enfants charmants, il avait le sentiment confus, mais angoissant, et qu'il n'arrivait pas à expliquer, de lui avoir tout sacrifié. Sa femme avait été pour lui une compagne parfaite ; une certaine étroitesse d'esprit qu'il lui reprochait secrètement était peut-être ce qui avait servi le mieux sa carrière, du moins dans ses manifestations les plus superficielles mais non négligeables, si bien que, depuis vingt-cinq ans, tout ce qui était petits-fours, jeux de fleurs, gracieusetés, rondes rituelles, corvées bienséantes et lassantes frivolités de la vie diplomatique lui avait été dans une grande mesure épargné. Elle semblait le protéger instinctivement par tout ce qu'il y avait en elle de strict, de «comme il faut», de conventionnel, et il eût été stupéfait d'apprendre ce qu'il entrait d'amour dans ce qu'il croyait être un simple manque d'horizon. Ils avaient tous les deux le même âge; les domaines de leurs familles voisinaient au bord de la Baltique; ses parents avaient arrangé le mariage sans même se douter qu'elle était amoureuse de lui depuis son enfance. C'était à présent une femme droite, maigre, habillée avec cette indifférence qui implique le renoncement; elle avait un faible pour ces rubans de velours noir autour du cou qui ne font qu'attirer l'attention sur ce qu'ils essaient de cacher. Des boucles d'oreilles trop longues accentuaient bizarrement chaque mouvement de sa tête et donnaient quelque chose de pathétique à son absence de féminité. Ils se parlaient peu, comme s'il y avait eu entre eux un accord tacite; elle s'efforçait de deviner ses moindres désirs et de lui épargner le maximum de rapports humains; un des soucis constants de sa vie avait toujours été d'éviter qu'en se retournant brusquement il ne surprît le regard d'adoration qu'elle ne pouvait s'empêcher parfois de poser sur lui. Il demeurait convaincu qu'ils avaient, tous les deux, fait un mariage de convenance, et que d'être ambassadrice avait été le but et le couronnement de toute sa vie de femme. Il eût été étonné et peut-être même indigné de savoir qu'elle passait de longues heures dans les églises à prier pour lui. Depuis leur mariage, elle ne l'avait jamais oublié dans ses dévotions et celles-ci étaient ferventes et suppliantes comme si elle l'eût toujours su exposé à quelque péril secret. Encore aujourd'hui, au faîte d'une vie exemplaire, alors que les enfants étaient grands, et que rien ne semblait plus menacer celui qu'elle avait entouré d'une tendresse muette et comme douloureuse, étrangement secrète jusque dans l'intimité du mariage, encore aujourd'hui, après trente-cinq ans de vie commune, il lui arrivait de passer des heures agenouillée à l'église française de Péra, le mouchoir de dentelle tordu entre ses doigts, priant pour qu'aucun de ces engins à retardement que le destin place parfois dès la naissance dans le cœur d'un homme ne vînt soudainement à exploser en lui. Mais quel péril intérieur pouvait donc craindre un être dont toute la vie n'avait été qu'une longue journée de soleil, d'une visibilité parfaite, un lent et tranquille épanouissement d'une personnalité dans une vocation ?

Le comte avait passé le plus clair de sa carrière dans les grandes capitales, et s'il lui restait encore une ambition, c'était celle d'être un jour nommé à Rome, au cœur de cette Méditerranée dont il continuait à rêver avec une ferveur d'amoureux. Le destin, cependant, semblait s'être acharné à contrecarrer son désir. À plusieurs reprises, il avait été sur le point d'être nommé à Athènes, puis à Madrid, mais au dernier moment quelque décision soudaine de l'Administration le rejetait loin du but. Bien qu'elle ne l'eût jamais avoué, sa femme avait toujours accueilli ce que le comte de N... considérait comme un revers de fortune avec un certain soulagement. Même les quelques semaines de vacances qu'ils passaient chaque année avec les enfants à Capri ou à Bordighera l'emplissaient de malaise ; son caractère, habitué à la réticence, son tempérament, à l'aise seulement dans un climat raréfié qui semblait suggérer agréablement l'absence de passion, son teint, même, très pâle, qui allait à la perfection avec la lourde discrétion des rideaux toujours tirés, tout cela faisait que la Méditerranée lui apparaissait comme une jungle de couleurs, de parfums et de sons où elle ne s'aventurait qu'à contrecœur. Elle trouvait quelque chose d'immoral à tant de lumière ; cela se rapprochait un peu trop de la nudité. Les passions et les cœurs n'étaient plus recouverts des voiles pudiques de la froideur, du brouillard ou de la pluie : tout avouait, tout proclamait, tout s'exhibait et se donnait. La Méditerranée lui faisait un peu l'effet d'un immense mauvais lieu et elle n'avait jamais pu s'habituer à l'idée d'y venir avec ses enfants ; elle ne s'y risquait qu'avec deux gouvernantes et un précepteur pour les garçons ; lorsque les enfants jouaient sur la plage du Lido, elle ne les quittait pas des yeux, comme si elle eût craint que les vagues elles-mêmes et la mer ne vinssent leur donner quelque conseil immoral ou leur apprendre quelque jeu défendu. Elle avait horreur de l'éclat et traitait la nature avec une extrême réserve, comme si elle l'eût crue capable d'un scandale ; elle était toujours tendue, toujours nerveuse, d'une nervosité contrôlée et réprimée qui se remarquait seulement par le tremblement plus prononcé de ses boucles d'oreilles ; elle apportait une attention extrême aux manières, aux convenances et faisait comme si le but de la vie fût de passer inaperçue. Il eût été difficile d'imaginer une éducation plus stricte que la sienne couronnée de plus de succès et elle eût fait une parfaite ambassadrice, n'eût été une certaine inaptitude au sourire. Ses sourires étaient rapides, forcés, comme un frisson froid ; c'était un de ces êtres dont il est à la fois difficile de dire quelque chose et qu'il est difficile d'oublier. Elle était inlassable dans son métier, dans le soin qu'elle apportait à la carrière de son mari, à l'éducation de leurs enfants ; elle se dépensait sans compter dans les visites, les bonnes œuvres, les réceptions, les corvées mondaines qu'elle détestait autant que lui sans qu'il s'en doutât, mais qu'elle acceptait avec empressement, parce que c'étaient les seules marques d'amour et de dévouement qu'elle pouvait se permettre à son égard. Son visage aux lèvres minces, aux traits un peu aigus d'oiseau pâle, portait la marque d'une résolution soutenue, on ne savait laquelle, d'une volonté tendue vers un seul but, qu'il était difficile d'imaginer. On avait l'impression qu'elle cachait un secret, qu'elle savait ce que personne, jamais, à aucun prix, ne devait soupçonner : cela se voyait à l'inquiétude soudaine de son regard, à la nervosité crispée de ses mains, à la réserve qu'elle manifestait, sous un de ses sourires furtifs et glaçants, aux épouses des collaborateurs de son mari qui essayaient de se lier d'amitié avec elle et qu'elle soupçonnait immédiatement de vouloir forcer son intimité. On la croyait torturée par l'ambition et on se moquait un peu de cette attention extrême, jalouse et parfois presque angoissée avec laquelle elle veillait sur ce qui, depuis longtemps, ne semblait plus demander tant d'efforts : la situation de son mari et l'avenir de ses enfants. Ils en avaient quatre, deux fils et deux filles ; l'aîné venait d'entrer à son tour dans la carrière, au poste d'attaché à Paris ; le cadet était à Oxford et venait justement d'arriver à Istanbul pour passer ses vacances en préparant un examen ; les deux filles, seize et dix-huit ans, vivaient avec leurs parents.

Le comte de N... était depuis un peu plus d'un an en poste à Istanbul et il aimait ce lieu où les civilisations étaient venues mourir avec tant de beauté ; il avait d'ailleurs admirablement réussi en Turquie, et il avait pour ce peuple fier et courageux un respect sincère et amical. Depuis quelque temps, la capitale avait été transportée à Ankara que la volonté d'Ataturk faisait rapidement sortir de terre ; mais les ambassades avaient traîné, s'étaient fait un peu tirer l'oreille et, profitant de l'été, demeuraient encore sur le Bosphore. Le comte passait ses matinées à la chancellerie ; l'après-midi, il errait longuement parmi les mosquées, dans les souks, s'attardant chez les marchands d'objets d'art et d'antiquités ; il restait des heures en méditation devant une pierre précieuse ou à caresser, de ses doigts longs et fins, qui paraissaient faits pour ce geste, une statuette ou un masque, comme pour essayer de leur rendre vie. Pareil en cela à tous les connaisseurs, il éprouvait le besoin de toucher, de tenir ce dont son œil se délectait, et les antiquaires lui ouvraient avec empressement leurs vitrines, puis le laissaient seul avec son plaisir. Mais il achetait peu. Ce n'était pas de l'avarice. Simplement, il manquait toujours quelque chose aux plus belles pièces. Il écartait un peu fébrilement les bagues, les calices, les icônes, les camées — encore une statuette, un paysage d'émail, un étincellement de joyaux — sa main, parfois, se crispait d'impatience, de vide, d'aspiration presque physique — quelque chose n'était pas là. La beauté même des œuvres d'art ne faisait que l'exaspérer, parce qu'elle suggérait, avec une sorte d'impuissance, une perfection plus grande, plus totale, dont l'art n'était jamais qu'un humble pressentiment. Parfois, lorsque ses doigts suivaient sur une statue les formes que l'inspiration de l'artiste lui avait imposées, il était soudain saisi d'une profonde tristesse et il lui fallait faire un effort pour conserver cet air digne et tranquillement assuré que tout le monde attendait de lui. C'est à ces moments-là qu'il éprouvait, avec le plus d'acuité le sentiment d'une vocation manquée. Pourtant, il n'avait jamais songé à être un artiste. Le goût de l'art même ne lui était venu que tardivement. Non, c'était quelque chose dans ses mains, dans ses doigts — c'était un peu comme si ses mains eussent eu un rêve à elles, une aspiration indépendante de sa volonté et qu'il ne comprenait pas. Lui, qui n'avait jamais souffert d'insomnie, il lui arrivait de plus en plus souvent de rester des heures sans dormir avec ce troublant appel physique s'éveillant au creux de ses paumes comme une naissance nocturne d'un sens nouveau. Il finissait par avoir honte des marchands et espaçait ses visites dans les souks. Il en avait même parlé à sa femme, au petit déjeuner. Le petit déjeuner était une cérémonie familiale célébrée sur la terrasse de Thérapia, au-dessus du Bosphore, sous un parasol bleu ; le maître d'hôtel, en gants blancs, transportait solennellement les instruments du rite ; Mme de N... présidait la cérémonie dans une atmosphère admirablement réglée où seules les abeilles mettaient parfois une note d'imprévu. Le comte avait abordé le sujet un peu indirectement, se sentant coupable, bien qu'il ne sût guère de quoi ; il avait d'ailleurs choisi d'en parler pour en finir, justement, avec cet absurde sentiment de culpabilité.

— Je finirai par m'établir ici une solide réputation d'avarice, dit-il. Je passe mon temps chez les antiquaires d'Istanbul sans faire le moindre achat. Hier après-midi, j'ai bien dû rester une demi-heure devant une statuette d'Apollon sans pouvoir me décider. Il me semble qu'il manque toujours l'essentiel aux objets d'art les plus parfaits. Je croyais pourtant qu'un de mes traits de caractère était l'indulgence, sentiment qui va rarement de pair avec un goût intransigeant de la perfection. Je finis par donner aux marchands l'impression que même s'ils m'offraient une statue de Phidias, je trouverais encore à y redire.

— Il vaut mieux en effet que vous leur achetiez quelque chose, dit la comtesse. La moitié des rumeurs qui circulent dans le corps diplomatique naissent dans les souks. Elles suffisent parfois à marquer une carrière. En tout cas, chacun connaît, jour par jour ce que le moindre attaché a acheté et combien il l'a payé.

— La prochaine fois, j'achèterai n'importe quoi, dit le comte, d'un ton enjoué. Mais avouez qu'il vaut mieux que l'on m'accuse d'être, comme disent les Français, «près de mes sous», plutôt que d'avoir mauvais goût.

Sa fille aînée regardait les longues mains délicates de son père sur la nappe.

— Il suffit de voir vos mains, papa, pour expliquer vos hésitations, dit-elle. Je vous ai vu moi-même chez Ahmed, l'autre jour, caressant rêveusement une statuette égyptienne. Vous paraissiez à la fois fasciné et triste. Vous avez gardé je ne sais combien de temps la figurine à la main, puis vous l'avez replacée dans la vitrine. Je ne vous ai jamais vu aussi abattu. En réalité, vous êtes trop artiste vous-même pour vous contenter encore de la contemplation. Vous avez besoin de créer vous-même. Je suis parfaitement sûre que vous avez raté votre vocation...

— Christel, s'il te plaît, dit la comtesse, doucement.

— Ce que je veux dire, c'est que sous cette enveloppe de parfait diplomate s'est caché pendant trente ans un artiste que votre volonté a empêché de se manifester, mais qui prend aujourd'hui sa revanche. Je suis persuadée que vous avez du génie, papa, et qu'il y a en vous un très grand peintre ou un très grand sculpteur qui a été ligoté pendant toute une vie, si bien qu'aujourd'hui, pour vous, chaque objet d'art est un reproche, un remords. Vous avez passé votre existence à chercher dans la contemplation une satisfaction artistique que, seule, la création eût pu vous donner. Votre maison s'est peu à peu transformée en musée, mais vous vous acharnez à continuer chez tous les antiquaires d'Istanbul vos fouilles impatientes à la poursuite d'une œuvre qui est en vous. Toutes ces miniatures, ces sculptures, ces bibelots sont autour de vous comme le témoignage d'une vie manquée...

— Christel ! dit la comtesse, sévèrement.

— Oh ! tout est relatif, bien sûr. Je parle uniquement de vocation artistique. Quand vous êtes dans les souks, chez Ahmed, devant l'image en pierre de quelque dieu païen, ce qui vous torture, c'est la volonté de créer. Vous ne pouvez pas vous contenter de l'œuvre d'un autre. Tout cela, du reste, est écrit dans vos mains.

Le comte sentit soudain une présence angoissée et tendue à ses côtés : sa femme. Que l'on pût parler avec tant de légèreté de sa carrière, de cette suite d'honneurs que fut sa vie, voilà, sans doute, ce qu'il lui était difficile d'admettre, ou seulement de tolérer. Il toussa discrètement, porta la serviette à ses lèvres ; que l'on pût mettre une telle passion à l'amour de la respectabilité, des dignités, des honneurs, voilà ce qu'il n'arrivait pas à concevoir. Il ne lui vint même pas à l'esprit que ce qu'il appelait « l'amour de la respectabilité, des dignités, des honneurs » était peut-être l'amour tout court. Ce qu'il savait, par contre, et avec rancune, c'est que, sans elle, il eût abandonné la carrière depuis longtemps, pour vivre dans quelque village de pêcheurs italiens, peindre, sculpter... Inconsciemment, sa main se referma sur une curieuse sensation de besoin, une sorte de nostalgie physique dans les doigts.

— Je trouve plutôt que papa a des mains de musicien, intervint la cadette. On les voit très bien effleurer un clavier, les cordes d'un violon ou même d'une guitare...

Une abeille bourdonna un moment au-dessus de la nappe, entre le miel et le vase de fleurs ; sur le Bosphore, un caïque passa avec juste ce qu'il fallait de langueur pour ne rien demander à la paresse de l'œil ; on entendit un crissement de roues sur le gravier.

— Le chauffeur, dit le comte.

Il se leva, sourit aux enfants, évita de regarder sa femme, et monta dans la voiture. Deux ou trois fois, pendant le parcours, il regarda ses mains. Il avait été touché par la vivacité de sa fille, par son

raisonnement volubile et ingénu. Il était bien vrai
que depuis des années, déjà, la contemplation ne
lui suffisait plus et que grandissait en lui le désir
bizarre mais irrésistible de goûter plus intimement
à la beauté du monde, de la porter à ses lèvres
comme une coupe de vin... Il se pencha vers le
chauffeur.

— Chez Ahmed, dit-il.

Parmi les antiquaires qui observaient depuis
longtemps déjà le comte de N... lorsqu'il touchait
l'un après l'autre des bibelots précieux sans
jamais paraître trouver ce qu'il cherchait, il y avait
naturellement Ahmed, qui était non seulement le
plus gros marchand des souks, mais aussi et surtout un grand connaisseur de la nature humaine,
pour laquelle il éprouvait une véritable passion de
collectionneur. C'était un homme rond, presque
obèse, au teint olivâtre, aux beaux yeux fluides
d'un vert marin ; il portait encore sur ses cheveux
grisonnants un fez, dont un récent décret d'Ataturk venait pourtant de prohiber le port en Turquie. Il y avait dans son regard une curieuse et
constante lueur éblouie, comme si la splendeur
des pierres précieuses parmi lesquelles il vivait
avait fini par communiquer à ses yeux un peu de
son éclat, et ses traits charnus étaient perpétuelle-
ment empreints d'une expression d'émerveille-
ment presque révérenciel, qui paraissait refléter
l'étonnement et la gratitude d'un vrai amateur

devant les infinies richesses de l'âme humaine, dans ses innombrables et étonnantes manifestations. Son plus grand plaisir était de rester au fond de son souk et d'admirer, du matin au soir, une faune humaine intarissable dans son foisonnement, ses failles profondes, secrètes ou visibles à l'œil nu, les soudaines révélations de sa laideur ou de sa beauté. Le comte de N... était considéré par les antiquaires d'Istanbul comme un des plus mauvais clients qu'Allah eût jamais égarés dans leurs souks. Mais Ahmed ne s'était jamais laissé aller à un jugement aussi sommaire, il attendait au contraire beaucoup du diplomate et le cultivait avec soin. Il éprouvait en sa présence ces délicieux moments d'anticipation que tout collectionneur connaît lorsqu'il se sent sur la trace d'un objet rare et précieux, demeuré pendant longtemps caché et sur lequel tant de regards se sont posés sans jamais en reconnaître l'authenticité profonde. Ahmed se tenait en général dans la cour intérieure de son magasin, à côté de la fontaine, en compagnie d'un jeune neveu ; lorsqu'il voyait le comte de N... apparaître dans une des pièces du magasin, toute trace d'expression quittait son visage, ce qui était chez lui une marque certaine d'émotion ; il se levait et allait recevoir l'ambassadeur avec une politesse digne, totalement dénuée de servilité. Aucune transaction commerciale, si avantageuse qu'elle eût pu être, ne lui eût causé le quart de la

satisfaction qu'il éprouvait à observer discrètement le diplomate aux prises avec son démon
secret. Depuis un an déjà, Ahmed attendait avec
une patience de vieux prospecteur. Il n'avait
qu'une crainte : c'est que, le moment venu, au
hasard d'une promenade, d'une rencontre, la révélation du joyau intime que le comte portait en lui
sans le savoir et que l'œil expert d'Ahmed guettait depuis longtemps, ne se produisît quelque part
ailleurs, hors de son magasin, loin de ses yeux.
Ç'eût été naturellement une très grosse perte. Il
reçut donc le diplomate dans ce silence qu'il réser-
vait toujours aux connaisseurs distingués et qui
suggérait quelque communion profonde dans la
contemplation de la beauté. Il allait de salon en
salon, ouvrant les vitrines ; on entendait la fontaine dans le jardin ; à un moment, en passant près
d'une fenêtre, Ahmed fit un signe à son neveu et
le jeune homme toucha les cordes de l'instrument
qu'il tenait sur les genoux. Le comte se tourna
vers la fenêtre.

— Mon neveu, dit Ahmed.

Le comte avait repris la statuette qu'il avait
admirée la veille ; ses mains s'énervaient à suivre
les lignes de la sculpture ; Ahmed, dans un silence
respectueux, regardait discrètement les doigts de
l'ambassadeur vivre sur la pierre ; dans la cour, le
jeune musicien s'était arrêté de jouer, comme par
respect instinctif de ce rite mystérieux que l'ama-

teur d'art était en train de célébrer ; on entendait
le bruissement de la fontaine. Ma fille doit avoir
raison, pensa soudain le comte, mes yeux se las-
sent de courir sur la trace d'un autre, ce qu'il faut,
c'est essayer d'arracher soi-même un miracle de
vie et de beauté à la matière. Il n'y avait pas
d'autre explication à cet émoi qu'il éprouvait en
même temps qu'un sentiment d'intense frustra-
tion, à cet agacement, ce vide presque douloureux,
cette étrange nostalgie physique qu'il éprouvait
dans ses doigts. Il savait qu'il allait passer encore
une nuit blanche, avec l'impression que ses mains
allaient le quitter pour vivre, dans quelque coin
perdu des souks, une vie à elles, mystérieuse,
tâtonnante, comme reptilienne, qu'il pressentait
vaguement, mais dont il refusait de prendre
conscience, et, une fois de plus, il lui faudrait faire
appel à tout son amour-propre pour interdire à son
imagination le droit de franchir les frontières du
monde furtif et narquois qui le guettait. Il eut
envie de se confier à Ahmed, de lui parler de cette
confuse aspiration physique tapie au creux de ses
paumes comme un insecte rongeur ; il avait besoin
d'un conseil, d'une initiation, Ahmed pouvait
peut-être lui procurer cette matière mystérieuse
qu'il avait envie de pétrir, dans laquelle il voulait
plonger enfin ses doigts. Mais sans doute était-il
trop tard ; il fallait de longues années d'apprentis-
sage, d'initiation, pour devenir un sculpteur ; si

seulement il avait découvert plus tôt sa véritable vocation ! Peut-être, dans quelques années, après sa retraite... Il se tourna vers Ahmed, un sourire enjoué aux lèvres, avec cette élégance détachée qu'il savait mettre dans ses moindres gestes.

— Ma femme me reproche beaucoup ces visites au cours desquelles je n'achète rien, dit-il. Elle craint que je ne me fasse dans les souks une solide réputation d'avarice. Je pourrais évidemment acheter n'importe quoi...

— Vous m'offenseriez, Excellence, dit Ahmed.

— Je ne sais pas ce qu'il y a, je ne trouve jamais un objet dont j'eusse vraiment envie. Même cette statuette, dont n'importe quel spécialiste reconnaîtrait pourtant la perfection, me laisse une sensation d'à-peu-près...

Ahmed regardait avec fascination les doigts du diplomate célébrer leur rite autour de la silhouette de bronze.

— Ma fille prétend que j'ai des mains de sculpteur et que j'ai raté ma vocation.

Ahmed hocha la tête devant la témérité de la jeunesse.

— Mais pourquoi n'essaieriez-vous pas, Excellence ? demanda-t-il. Les plus grands artistes se sont quelquefois révélés assez tard... Permettez-moi de vous offrir un café.

Ils passèrent dans la cour. Le jeune musicien se leva respectueusement ; il était très mince, le visage, sous des cheveux très noirs, empreint, aux yeux et aux pommettes, de la marque à la fois délicate et sauvage de la Mongolie. Le comte ne semblait pas l'avoir vu; tourné vers la fontaine, il buvait son café, le regard un peu fixe; Ahmed fit un signe de tête au jeune homme et celui-ci se mit à jouer. Le comte parut revenir sur terre; la tasse levée, il regarda l'instrument avec un soudain intérêt.

— C'est un luth, je crois? demanda-t-il.

— Oui, dit Ahmed doucement. Plus exactement, c'est un *oûd*. *Al oûd*, c'est un mot arabe.

Le comte but une gorgée de café.

— *Al oûd*, répéta-t-il, d'une voix un peu rauque.

Dans ses mains, la tasse heurta soudain la soucoupe. Il fixait l'instrument, le sourcil froncé, avec une sorte de sévérité. Ahmed toussa.

— *Al oûd*, répéta-t-il. C'est l'ancêtre du luth européen. Ainsi que vous le voyez, le corps de l'instrument est beaucoup plus petit que celui du luth moderne, et le manche beaucoup plus long. Il n'y a que six cordes.

Il toussa.

— Il a été introduit en Europe par les croisés.

Le comte posa la tasse sur le marbre de la fontaine.

— Il est très beau, dit-il, plus beau que les instruments à cordes de l'Occident. Je trouve en

général que les instruments à cordes sont les seuls
à joindre à la beauté du son celle de la forme... Au
fond, ce qui manque aux objets d'art, c'est d'exprimer dans un son, dans un chant, l'émotion artistique, la joie, la tendresse amoureuse de celui qui
les touche.

Sa voix s'enroua légèrement.

— Vous permettez ?

Il s'empara du luth.

— C'était le divertissement préféré de nos sultans, murmura Ahmed.

Le comte promenait ses doigts sur l'instrument.
Une note s'éleva, tendre, plaintive, un peu ambi-
guë, à la fois un reproche et une supplique de
continuer. Il frôla encore une fois les cordes, et sa
main resta suspendue dans l'air, comme la note,
aussi longtemps qu'elle. Le jeune musicien le
regardait gravement.

— Joli son, dit le comte brièvement.

— J'en ai dans ma collection qui datent du
xvie siècle, dit Ahmed. Si vous voulez me permettre...

Il courut dans son magasin. Pendant son absence, le comte demeura silencieux, appuyé
contre la margelle, regardant devant lui avec beaucoup de sévérité. Il était évident qu'il pensait à des
affaires de la plus haute importance, des affaires
d'État, sans aucun doute. Le jeune musicien lui
jetait de temps en temps un regard de respect.

Ahmed revint presque aussitôt avec un instrument admirablement travaillé, incrusté de nacre et de pierres multicolores.

— Et il est en parfait état. Mon neveu va vous jouer quelque chose.

Le jeune homme prit le luth et ses doigts éveillèrent dans les cordes une voix voluptueuse et plaintive qui parut devoir demeurer à jamais suspendue dans les airs. Le comte parut vivement intéressé. Il examina l'instrument.

— Admirable, dit-il, admirable.

Il frôla les cordes du bout des doigts, avec une sorte de brusquerie, comme s'il eût besoin d'exagérer l'ampleur du geste pour vaincre sa timidité.

— Eh bien, cher Ahmed, je l'achète, déclarat-il. Voilà qui va calmer les appréhensions de ma femme quant à ma réputation. Combien en voulez-vous ?

— Excellence, dit Ahmed, avec une émotion entièrement sincère, permettez-moi de vous l'offrir, en souvenir de notre rencontre...

Ils marchandèrent aimablement. Dans la voiture, le comte ne cessa de caresser les cordes de ses doigts. Le son répondait admirablement au geste. Le comte monta l'escalier en tenant l'objet avec précaution et entra dans le salon de sa femme. Mme de N... était en train de lire.

— Voilà mon acquisition, annonça le comte, triomphalement. Cela m'a coûté une petite fortune. Mais ainsi, ma réputation n'a plus rien à craindre dans les souks d'Istanbul.

— Mon Dieu, qu'allez-vous faire d'un luth ?

— L'admirer, dit le comte. Le garder dans mon cabinet et en caresser les formes. C'est à la fois un instrument de musique, un objet d'art et quelque chose de vivant. Il est tout aussi beau qu'une statue, mais il a aussi une voix. Écoutez...

Il toucha les cordes. Le son s'éleva et languit doucement dans les airs.

— C'est très oriental, dit Mme de N...

— C'était l'instrument préféré des sultans.

Il alla déposer le luth sur sa table de travail. Désormais, il lui arriva de passer de longs moments dans son cabinet, assis dans un fauteuil, à fixer l'instrument avec une sorte de peur fascinée. Il luttait contre une sensation de vide qui grandissait dans ses mains, une avidité à la fois confuse et tyrannique, un besoin de toucher, de faire jaillir, de pétrir, et peu à peu tout son être se mettait à réclamer quelque chose, il ne savait quoi au juste, et à le réclamer impérieusement, capricieusement presque ; il finissait par se lever et allait frôler le luth. Il perdait alors toute notion du temps et demeurait debout devant la table, frappant les cordes au hasard de ses doigts maladroits.

— Papa a passé aujourd'hui au moins deux heures à jouer du luth, annonça Christel à sa mère.

— Tu appelles cela jouer ? dit la cadette. Il

frappe toujours la même corde, on entend toujours le même son... C'est à devenir fou !

— C'est tout à fait mon avis, déclara Nick. On l'entend dans toute la maison, il n'y a plus où se cacher. Je trouve ce son parfaitement odieux du reste... On dirait le miaulement d'une chatte amoureuse.

— Nicholas !

Mme de N... posa sa fourchette avec colère.

— Je te prie de surveiller ton langage. Tu es parfaitement intolérable.

— C'est tout ce qu'on lui a appris à Oxford, dit la cadette.

— En tout cas, depuis qu'il a acheté ce maudit instrument, il n'y a pas moyen de travailler, dit Nick. J'ai un examen à préparer, moi. Même quand on n'entend rien on sait que cet affreux miaulement va s'élever d'un moment à l'autre et on passe son temps à le redouter.

— Je vous avais bien dit que père était un artiste qui s'ignorait, dit Christel.

— Si encore il jouait vraiment quelque chose, grommela Nick. Mais non, toujours une seule note et toujours la même.

— Il devrait prendre des leçons, conclut Christel.

Chose étrange, le même jour, le comte fit part à sa femme de son désir de prendre des leçons de luth.

— Je trouve très pénible de tenir entre mes mains un instrument dont il est possible de tirer une telle richesse de mélodie et de ne pas pouvoir le faire, dit-il. Se limiter toujours à une note, c'est plutôt monotone. Les enfants se plaignent et ils ont raison. Je vais demander à Ahmed de me recommander quelqu'un.

Ahmed était dans la petite cour intérieure en train de jouer au trictrac avec un voisin, lorsque le comte fit son entrée dans le magasin. Quelque chose dans son visage, dans son attitude, fit courir sur l'échine pourtant blasée de l'antiquaire un délicieux frisson d'anticipation. Le diplomate était extrêmement grave, sévère même, avec une trace de colère dans le regard et dans le pli de ses lèvres serrées ; il tenait à la main sa canne avec une expression de détermination et presque de défi. Ahmed reconnut même dans son attitude cet air de supériorité que les employés subalternes des ambassades prenaient en général pour s'adresser à quelqu'un qui n'était, après tout, qu'un marchand des souks ; il eut de la peine à réprimer un sourire lorsque le comte, sans répondre à ses salutations, lui parla avec sécheresse et brusquerie.

— Cet instrument de musique que j'ai acheté chez vous l'autre jour... Comment cela s'appelle-t-il, déjà...

— Un *oûd*, Excellence, répliqua Ahmed, *al oûd*...

— Parfaitement, parfaitement, Eh bien, figurez-vous, les enfants en sont fous... je vous étonnerai peut-être en vous disant que ma femme elle-même...

Ahmed attendit, le sourcil levé, le visage figé, le tue-mouche immobile dans sa main potelée.

— Bref, ils veulent tous apprendre à jouer de l'instrument. Il n'est question que de cela à la maison. Je leur ai promis de vous en parler pour voir si vous ne pourriez pas nous trouver un professeur.

— Un professeur d'*oûd*, Excellence ? murmura Ahmed.

Il hocha la tête. Il fit mine de réfléchir longuement. Les yeux mi-clos, il semblait passer en revue les uns après les autres les milliers de joueurs d'*oûd* qu'il connaissait à Istanbul. Il prenait son plaisir, un peu trop lourdement, peut-être, mais c'était la revanche d'une longue année de patience et d'anticipation. Le comte se tenait droit devant lui, la tête haute, dans une attitude de dignité et de noblesse-au-dessus-de-tout-soupçon qui allait droit au cœur du vieux jouisseur. C'était un des bons moments de la vie. Il faisait durer le plaisir, impitoyablement.

— Voyons ! s'exclama-t-il enfin. Où avais-je donc la tête ? Mon neveu est un joueur d'*oûd* de grand talent et il va sans dire, Excellence, qu'il sera heureux de se mettre à votre disposition...

À partir de ce jour, deux ou trois fois par

semaine, le jeune neveu d'Ahmed montait les
marches de la villa de Thérapia. Il saluait gravement l'ambassadrice et était conduit par un
domestique dans le cabinet du comte. On entendait alors, pendant une heure, le son du luth dans
la maison.

Mme de N... se tenait assise dans le petit salon
voisin du cabinet de son mari et calculait que les
notes devaient être entendues dans tout l'étage,
dans l'appartement des enfants et surtout en bas,
chez les domestiques. Pendant tout le temps que
le jeune musicien était là, elle demeurait enfermée
dans son salon, tordant un mouchoir entre ses
mains, incapable de penser à autre chose, luttant
en vain contre une certitude qui la hantait depuis
si longtemps... Les notes s'élevaient régulièrement, mélodieuses et hardies sous les doigts du
professionnel, malhabiles et tâtonnantes sous ceux
de l'amateur. En quelques leçons, Mme de N...
vieillit de dix ans. Elle attendait l'inévitable. Tous
les jours, elle allait se réfugier dans la petite église
française de Péra et priait longuement. Mais elle
ne se contenta pas de prier. Elle était décidée à
aller beaucoup plus loin. Elle était prête à aller jusqu'au bout de sa tendresse et de son dévouement.
Elle était prête à aller jusqu'au bout de l'humilia-
tion dans sa lutte pour l'honneur, puisque ce
n'était pas de son honneur à elle qu'il s'agissait
— il y avait si longtemps que la question ne se

posait plus ! Elle prit donc ses précautions, le plus discrètement possible. Si bien que lorsque le jour tant redouté vint enfin, il la trouva armée.

Cela se produisit vers la cinquième ou sixième visite du jeune musicien.

Il fut introduit, comme d'habitude, par le domestique, traversa le petit salon en saluant gravement l'ambassadrice qui feuilletait une revue, puis entra dans l'appartement du comte. Mme de N... jeta la revue et attendit. Elle se tenait très droite, la tête haute, le mouchoir entre les mains, les yeux agrandis. La leçon mit, comme d'habitude, quelques minutes à commencer. On entendit ensuite une mélodie langoureuse monter du cabinet. C'était clairement le jeune homme qui jouait. Puis... Mme de N... était assise sur le divan, figée, les lèvres serrées, les doigts noués autour du mouchoir de dentelle. Elle attendit encore une minute, les yeux fixes, les boucles d'oreilles tremblant de plus en plus vite... Toujours le silence. Pendant quelques instants, elle continua à espérer, à lutter contre l'évidence. Mais à chaque seconde qui passait le silence ne faisait que grandir monstrueusement autour d'elle et il lui sembla qu'il emplissait la maison, descendait l'escalier, ouvrait toutes les portes, traversait les murs, arrivait aux oreilles des enfants et que des sourires bêtes et goguenards apparaissaient déjà sur les visages des domestiques aux aguets. Elle se leva rapidement, ferma à clef les portes du salon et courut vers l'armoire chinoise dans un coin. Elle prit une clef dans sa poche, ouvrit l'armoire et en retira un luth. Elle revint alors s'asseoir sur le sofa, posa l'instrument sur ses genoux et frappa les cordes. De temps en temps, elle s'arrêtait, écoutait désespérément, puis continuait à frapper du bout des doigts les cordes haïes. Elle était sûre que l'on entendait les sons du luth aussi bien dans l'appartement des enfants que dans la cour, chez les domestiques, et il ne pouvait venir à l'esprit de personne que c'était sous sa main que naissaient secrètement ces accents voluptueux et discordants. Peut-être, pensait-elle, peut-être allait-il malgré tout arriver à l'âge de la retraite sans scandale, sans même que le monde s'aperçût... Il n'y avait plus que quelques années à attendre. D'un moment à l'autre ils allaient avoir l'ambassade de Paris, ou Rome, il s'agissait simplement de durer encore un peu, d'éviter les ragots, les potins, les mauvaises langues... Les enfants étaient déjà grands et, de toute façon, les premiers soupçons mettraient longtemps à franchir les murs du respect acquis. Elle continua à frapper les cordes des doigts, s'interrompant parfois un instant pour écouter. Au bout d'une demi-heure, la musique reprit dans l'appartement du comte. Mme de N... se leva et alla replacer le luth dans l'armoire. Puis elle revint s'asseoir et prit un livre. Mais les lettres se brouillaient devant ses yeux et elle se contenta de rester là, très droite, le livre à la main, essayant de ne pas pleurer.

Le faux

— Votre Van Gogh est un faux.

S... était assis derrière son bureau, sous sa dernière acquisition : un Rembrandt qu'il venait d'enlever de haute lutte à la vente de New York, où les plus grands musées du monde avaient fini par se reconnaître battus. Effondré dans un fauteuil, Baretta, avec sa cravate grise, sa perle noire, ses cheveux tout blancs, l'élégance discrète de son complet de coupe stricte et son monocle luttant en vain contre sa corpulence et la mobilité méditerranéenne des traits empâtés, prit sa pochette et s'épongea le front.

— Vous êtes le seul à le proclamer partout. Il y a eu quelques doutes, à un moment... Je ne le nie pas. J'ai pris un risque. Mais aujourd'hui, l'affaire est tranchée : le portrait est authentique. La manière est incontestable, reconnaissable dans chaque touche de pinceau...

S... jouait avec un coupe-papier en ivoire, d'un air ennuyé.

— Eh bien, où est le problème, alors ? Estimez-vous heureux de posséder ce chef-d'œuvre.

— Tout ce que je vous demande, c'est de ne pas vous prononcer. Ne jetez pas votre poids dans la balance.

S... sourit légèrement.

— J'étais représenté aux enchères... Je me suis abstenu.

— Les marchands vous suivent comme des moutons. Ils craignent de vous irriter. Et puis, soyons francs : vous contrôlez les plus grands financièrement...

— On exagère, dit S... J'ai pris simplement quelques précautions pour m'assurer une certaine priorité dans les ventes...

Le regard de Baretta était presque suppliant.

— Je ne vois pas ce qui vous a dressé contre moi dans cette affaire.

— Mon cher ami, soyons sérieux. Parce que je n'ai pas acheté ce Van Gogh, l'avis des experts mettant en doute son authenticité a évidemment pris quelque relief. Mais si je l'avais acheté, il vous aurait échappé. Alors ? Que voulez-vous que je fasse, exactement ?

— Vous avez mobilisé contre ce tableau tous les avis autorisés, dit Baretta. Je suis au courant : vous mettez à démontrer qu'il s'agit d'un faux toute l'influence que vous possédez. Et votre influence est grande, très grande. Il vous suffirait de dire un mot...

S... jeta le coupe-papier en ivoire sur la table et se leva.

— Je regrette, mon cher. Je regrette infiniment. Il s'agit d'une question de principe que vous devriez être le premier à comprendre. Je ne me rendrai pas complice d'une supercherie, même par abstention. Vous avez une très belle collection et vous devriez reconnaître tout simplement que vous vous êtes trompé. Je ne transige pas sur les questions d'authenticité. Dans un monde où le truquage et les fausses valeurs triomphent partout, la seule certitude qui nous reste est celle des chefs-d'œuvre. Nous devons défendre notre société contre les faussaires de toute espèce. Pour moi, les œuvres d'art sont sacrées, l'authenticité pour moi est une religion... Votre Van Gogh est un faux. Ce génie tragique a été suffisamment trahi de son vivant — nous pouvons, nous devons le protéger au moins contre les trahisons posthumes.

— C'est votre dernier mot ?

— Je m'étonne qu'un homme de votre honorabilité puisse me demander de me rendre complice d'une telle opération...

— Je l'ai payé trois cent mille dollars, dit Baretta.

S... eut un geste dédaigneux.

— Je sais, je sais... Vous avez fait délibérément monter le prix des enchères : car enfin, si vous l'aviez eu pour une bouchée de pain... C'est vraiment cousu de fil blanc.

— En tout cas, depuis que vous avez eu quelques paroles malheureuses, les mines embarrassées que les gens prennent en regardant mon tableau... Vous devriez quand même comprendre...

— Je comprends, dit S..., mais je n'approuve pas. Brûlez la toile, voilà un geste qui rehausserait non seulement le prestige de votre collection, mais encore votre réputation d'homme d'honneur. Et, encore une fois, il ne s'agit pas de vous : il s'agit de Van Gogh.

Le visage de Baretta se durcit. S... y reconnut une expression qui lui était familière : celle qui ne manquait jamais de venir sur le visage de ses rivaux en affaires lorsqu'il les écartait du marché. À la bonne heure, pensa-t-il ironiquement, c'est ainsi que l'on se fait des amis... Mais l'affaire mettait en jeu une des rares choses qui lui tenaient vraiment à cœur et touchait à un de ses besoins les plus profonds : le besoin d'authenticité. Il ne s'attardait jamais à s'interroger, et il ne s'était jamais demandé d'où lui venait cette étrange nostalgie. Peut-être d'une absence totale d'illusions : il savait qu'il ne pouvait avoir confiance en personne, qu'il devait tout à son extraordinaire réussite financière, à la puissance acquise, à l'argent, et qu'il vivait entouré d'une hypocrisie feutrée et confortable qui éloignait les rumeurs du monde, mais qui n'absorbait pas entièrement tous les échos insidieux. «La plus belle collection privée de Greco, cela ne lui suffit pas... Il faut encore qu'il aille disputer le Rembrandt aux musées américains. Pas mal, pour un petit va-nu-pieds de Smyrne qui volait aux étalages et vendait des cartes postales obscènes dans le port... Il est bourré de complexes, malgré les airs assurés qu'il se donne : toute cette poursuite des chefs-d'œuvre n'est qu'un effort pour oublier ses origines. Peut-être avait-on raison. Il y avait si longtemps qu'il s'était un peu perdu de vue — il ne savait même plus lui-même s'il pensait en anglais, en turc, ou en arménien — qu'un objet d'art immuable dans son identité lui inspirait cette piété que seules peuvent éveiller dans les âmes inquiètes les certitudes absolues. Deux châteaux en France, les plus somptueuses demeures à New York, à Londres, un goût impeccable, les plus flatteuses décorations, un passeport britannique — et cependant il suffisait de cette trace d'accent chantant qu'il conservait dans les sept langues qu'il parlait couramment et d'un type physique qu'il est convenu d'appeler «levantin», mais que l'on retrouve pourtant aussi sur les figures sculptées des plus hautes époques de l'art, de Sumer à l'Égypte et de l'Assur à l'Iran, pour qu'on le soupçonnât hanté par un obscur sentiment d'infériorité sociale — on n'osait plus dire « raciale » — et, parce que sa flotte marchande était aussi puissante que celle des Grecs et que dans ses salons les Titien et les Vélasquez voisinaient avec le seul Vermeer authentique découvert depuis les faux de Van Meegeren, on murmurait que, bientôt, il serait impossible d'accrocher chez soi une toile de maître sans faire figure de parvenu. S... n'ignorait rien de ces flèches d'ailleurs fatiguées qui sifflaient derrière son dos et qu'il acceptait comme des égards qui lui étaient dus : il recevait trop bien pour que le Tout-Paris lui refusât ses informateurs. Ceux-là même qui recherchaient avec le plus d'empressement sa compagnie, afin de passer à bon compte des vacances agréables à bord de son yacht ou dans sa propriété du cap d'Antibes, étaient les premiers à se gausser du luxe ostentatoire dont ils étaient aussi naturellement les premiers à profiter, et lorsqu'un restant de pudeur ou simplement l'habileté les empêchaient de pratiquer trop ouvertement ces exercices de rétablissement psychologiques, ils savaient laisser percer juste ce qu'il fallait d'ironie dans leurs propos pour reprendre leurs distances, entre deux invitations à dîner. Car S... continuait à les inviter : il n'était dupe ni de leurs flagorneries ni de sa propre vanité un peu trouble qui trouvait son compte à les voir graviter autour de lui. Il les appelait « mes faux », et lorsqu'ils étaient assis à sa table ou qu'il les voyait, par la fenêtre de sa villa, faire du ski nautique derrière les vedettes rapides qu'il mettait à leur disposition, il souriait un peu et levait les yeux avec gratitude vers quelque pièce rare de sa collection dont rien ne pouvait atteindre ni mettre en doute la rassurante authenticité.

Il n'avait mis dans sa campagne contre le Van Gogh de Baretta nulle animosité personnelle ; parti d'une petite épicerie de Naples pour se trouver aujourd'hui à la tête du plus grand trust d'alimentation d'Italie, l'homme lui était plutôt sympathique. Il comprenait ce besoin de couvrir la trace des gorgonzolas et des salamis sur ses murs par des toiles de maîtres, seuls blasons dont l'argent peut encore chercher à se parer. Mais Van Gogh était un faux. Baretta le savait parfaitement. Et puisqu'il s'obstinait à vouloir prouver son authenticité en achetant des experts ou leur silence, il s'engageait sur le terrain de la puissance pure et méritait ainsi une leçon de la part de ceux qui montaient encore bonne garde autour de la règle du jeu.

— J'ai sur mon bureau l'expertise de Falkenheimer, dit S... Je ne savais trop quoi en faire, mais après vous avoir écouté... Je la communique dès aujourd'hui aux journaux. Il ne suffit pas, cher ami, de pouvoir s'acheter de beaux tableaux : nous avons tous de l'argent. Encore faut-il témoigner aux œuvres authentiques quelque simple respect, à défaut de véritable piété... Ce sont après tout des objets de culte.

Baretta se dressa lentement hors de son fauteuil. Il baissait le front et serrait les poings. S... observa l'expression implacable, meurtrière, de sa physionomie avec plaisir : elle le rajeunissait. Elle lui rappelait l'époque où il fallait arracher de haute lutte chaque affaire à un concurrent — une époque où il avait encore des concurrents.

— Je vous revaudrai ça, gronda l'Italien. Vous pouvez compter sur moi. Nous avons parcouru à peu près le même chemin dans la vie. Vous verrez que l'on apprend dans les rues de Naples des coups aussi foireux que dans celles de Smyrne.

Il se rua hors du bureau. S... ne se sentait pas invulnérable, mais il ne voyait guère quel coup un homme, fût-il richissime, pouvait encore lui porter. Il alluma un cigare, cependant que ses pensées faisaient, avec cette rapidité à laquelle il devait sa fortune, le tour de ses affaires, pour s'assurer que tous les trous étaient bouchés et l'étanchéité parfaite. Depuis le règlement à l'amiable du conflit qui l'opposait au fisc américain et l'établissement à Panama du siège de son empire flottant, rien ni personne ne pouvait plus le menacer. Et cependant, la conversation avec Baretta lui laissa un léger malaise : toujours cette insécurité secrète qui l'habitait. Il laissa son cigare dans le cendrier, se leva et rejoignit sa femme dans le salon bleu. Son inquiétude ne s'estompait jamais entièrement, mais lorsqu'il prenait la main d'Alfiera dans la sienne ou qu'il effleurait des lèvres sa chevelure, il éprouvait un sentiment qu'à défaut de meilleure définition il appelait « certitude » : le seul instant de confiance absolue qu'il ne mît pas en doute au moment même où il le goûtait.

— Vous voilà enfin, dit-elle.

Il se pencha sur son front.

— J'étais retenu par un fâcheux... Eh bien, comment cela s'est-il passé ?

— Ma mère nous a naturellement traînés dans les maisons de couture, mais mon père s'est rebiffé. Nous avons fini au musée de la Marine. Très ennuyeux.

— Il faut savoir s'ennuyer un petit peu, dit-il. Sans quoi les choses perdent de leur goût...

Les parents d'Alfiera étaient venus la voir d'Italie. Un séjour de trois mois : S... avait, courtoisement mais fermement, retenu un appartement au Ritz.

Il avait rencontré sa jeune femme à Rome deux ans auparavant, au cours d'un déjeuner à l'ambassade du Liban. Elle venait d'arriver de leur domaine familial de Sicile où elle avait été élevée et qu'elle quittait pour la première fois, et, chaperonnée par sa mère, avait en quelques semaines

jeté l'émoi dans une société pourtant singulière-
ment blasée. Elle avait alors à peine dix-huit ans
et sa beauté était *rare*, au sens propre du mot. On
eût dit que la nature l'avait créée pour affirmer sa
souveraineté et remettre à sa place tout ce que la
main de l'homme avait accompli. Sous une chevelure noire qui paraissait prêter à la lumière son
éclat plutôt que le recevoir, le front, les yeux, les
lèvres étaient dans leur harmonie comme un défi
de la vie à l'art, et le nez, dont la finesse n'excluait
cependant pas le caractère ni la fermeté, donnait
au visage une touche de légèreté qui le sauvait de
cette froideur qui va presque toujours de pair avec
la recherche trop délibérée d'une perfection que
seule la nature, dans ses grands moments d'inspiration ou dans les mystérieux jeux du hasard, par-
vient à atteindre, ou peut-être à éviter. Un chef-
d'œuvre : tel était l'avis unanime de ceux qui
regardaient le visage d'Alfiera.

Malgré tous les hommages, les compliments,
les soupirs et les élans qu'elle suscitait, la jeune
fille était d'une modestie et d'une timidité dont les
bonnes sœurs du couvent où elle avait été élevée
étaient sans doute en partie responsables. Elle
paraissait toujours embarrassée et surprise par ce
murmure flatteur qui la suivait partout ; sous les
regards fervents que même les hommes les plus
discrets ne pouvaient empêcher de devenir un peu
trop insistants, elle pâlissait, se détournait, pres-

sait le pas, et son expression trahissait un manque d'assurance et même un désarroi assez surprenants chez une enfant aussi choyée ; il était difficile d'imaginer un être à la fois plus adorable et moins conscient de sa beauté.

S... avait vingt-deux ans de plus qu'Alfiera, mais ni la mère de la jeune fille, ni son père, un de ces ducs qui foisonnent dans le sud de l'Italie et dont le blason désargenté n'évoque plus que quelques restes de *latifundia* mangés par les chèvres, ne trouvèrent rien d'anormal à cette différence d'âge ; au contraire, la timidité extrême de la jeune fille, son manque de confiance en elle-même dont aucun hommage, aucun regard éperdu d'admiration ne parvenait à la guérir, tout paraissait recommander l'union avec un homme expérimenté et fort ; et la réputation de S... à cet égard n'était plus à faire. Alfiera elle-même acceptait la cour qu'il lui faisait avec un plaisir évident et même avec gratitude. Il n'y eut pas de fiançailles et le mariage fut célébré trois semaines après leur première rencontre. Personne ne s'attendait que S... se « rangeât » si vite et que cet « aventurier », ainsi qu'on l'appelait, sans trop savoir pourquoi, ce « pirate » toujours suspendu aux fils téléphoniques qui le reliaient à toutes les Bourses du monde, pût devenir en un tour de magie un mari aussi empressé et dévoué, qui consacrait plus de temps à la compagnie de sa jeune femme qu'à ses affaires ou à ses collections. S... était amoureux, sincèrement et profondément, mais ceux qui se targuaient de bien le connaître et qui se disaient d'autant plus volontiers ses amis qu'ils le critiquaient davantage, ne manquaient pas d'insinuer que l'amour n'était peut-être pas la seule explication de cet air de triomphe qu'il arborait depuis son mariage et qu'il y avait dans le cœur de cet amateur d'art une joie un peu moins pure : celle d'avoir enlevé aux autres un chef-d'œuvre plus parfait et plus précieux que tous ses Vélasquez et ses Greco. Le couple s'installa à Paris, dans l'ancien hôtel des ambassadeurs d'Espagne, au Marais. Pendant six mois, S... négligea ses affaires, ses amis, ses tableaux ; ses bateaux continuaient à sillonner les océans et ses représentants aux quatre coins du monde ne manquaient pas de lui câbler les rapports sur leurs trouvailles et les grandes ventes qui se préparaient, mais il était évident que rien ne le touchait en dehors d'Alfiera ; son bonheur avait une qualité qui paraissait réduire le monde à l'état d'un satellite lointain et dépourvu d'intérêt.

— Vous semblez soucieux.

— Je le suis. Il n'est jamais agréable de frapper un homme qui ne vous a rien fait personnellement sur son point le plus sensible : la vanité... C'est pourtant ce que je vais faire.

— Pourquoi donc ?

La voix de S... monta un peu et, comme toujours lorsqu'il était irrité, la trace d'accent chantant devint plus perceptible.

— Une question de principe, ma chérie. On risque d'établir, à coups de millions, une conspiration de silence autour d'une œuvre de faussaire, et si nous n'y mettons pas bon ordre, bientôt personne ne se souciera plus de distinguer le vrai du faux et les collections les plus admirables ne signifieront plus rien...

Il ne put s'empêcher de faire un geste emphatique vers un paysage du Caire, de Bellini, au-dessus de la cheminée. La jeune femme parut troublée. Elle baissa les yeux et une expression de gêne, presque de tristesse, jeta une ombre sur son visage. Elle posa timidement la main sur le bras de son mari.

— Ne soyez pas trop dur...

— Il le faut bien, parfois.

Ce fut un mois environ après que le point final eut été mis à la dispute du « Van Gogh inconnu » par la publication dans la grande presse du rapport écrasant du groupe d'experts sous la direction de Falkenheimer que S... trouva dans son courrier une photo que nulle explication n'accompagnait. Il la regarda distraitement. C'était le visage d'une très jeune fille dont le trait le plus remarquable était un nez en bec d'oiseau de proie particulièrement déplaisant. Il jeta la photo dans la corbeille

à papier et n'y pensa plus. Le lendemain, une nouvelle copie de la photo lui parvint, et, au cours de
la semaine qui suivit, chaque fois que son secrétaire lui apportait le courrier, il trouvait le visage
au bec hideux qui le regardait. Enfin, en ouvrant
un matin l'enveloppe, il découvrit un billet tapé à
la machine qui accompagnait l'envoi. Le texte
disait simplement : « Le chef-d'œuvre de votre
collection est un faux. » S... haussa les épaules : il
ne voyait pas en quoi cette photo grotesque pouvait l'intéresser et ce qu'elle avait à voir avec sa
collection. Il allait déjà la jeter lorsqu'un doute
soudain l'effleura : les yeux, le dessin des lèvres,
quelque chose dans l'ovale du visage venait de lui
rappeler vaguement Alfiera. C'était ridicule : il
n'y avait vraiment aucune ressemblance réelle, à
peine un lointain air de parenté. Il examina l'enveloppe : elle était datée d'Italie. Il se rappela que
sa femme avait en Sicile d'innombrables cousines
qu'il entretenait depuis des années. S... se proposa
de lui en parler. Il mit la photo dans sa poche et
l'oublia. Ce fut seulement au cours du dîner, ce
soir-là — il avait convié ses beaux-parents qui
partaient le lendemain — que la vague ressemblance lui revint à la mémoire. Il prit la photo et
la tendit à sa femme.

— Regardez, ma chérie. J'ai trouvé cela dans
le courrier ce matin. Il est difficile d'imaginer un
appendice nasal plus malencontreux...

Le visage d'Alfiera devint d'une pâleur extrême. Ses lèvres tremblèrent, des larmes emplirent ses yeux ; elle jeta vers son père un regard implorant. Le duc, qui était aux prises avec son poisson, faillit s'étouffer. Ses joues se gonflèrent et devinrent cramoisies. Ses yeux sortaient des orbites, sa moustache épaisse et noire, soigneusement teinte, qui eût été beaucoup plus à sa place sur le visage de quelque carabinier que sur celui d'un authentique descendant du roi des Deux-Siciles, dressa ses lances, prête à charger ; il émit quelques grognements furieux, porta sa serviette à ses lèvres, et parut si visiblement incommodé que le maître d'hôtel se pencha vers lui avec sollicitude. La duchesse, qui venait d'émettre un jugement définitif sur la dernière performance de la Callas à l'Opéra, demeura la bouche ouverte et la fourchette levée ; sous la masse de cheveux roux, son visage trop poudré se décomposa et partit à la recherche de ses traits parmi les bourrelets de graisse. S... s'aperçut brusquement avec un certain étonnement que le nez de sa belle-mère, sans être aussi grotesque que celui de la photo, n'était pas sans avoir avec ce dernier quelque ressemblance : il s'arrêtait plus tôt, mais il allait incontestablement dans la même direction. Il le fixa avec une attention involontaire, et ne put s'empêcher ensuite de porter son regard avec quelque inquiétude vers le visage de sa femme : mais non, il n'y avait vraiment dans ces traits adorables aucune similitude avec ceux de sa mère, fort heureusement. Il posa son couteau et sa fourchette, se pencha, prit la main d'Alfiera dans la sienne.

— Qu'y a-t-il, ma chérie ?

— J'ai failli m'étouffer, voilà ce qu'il y a, dit le duc, avec emphase. On ne se méfie jamais assez avec le poisson. Je suis désolé, mon enfant, de t'avoir causé cette émotion...

— Un homme de votre situation doit être au-dessus de cela, dit la duchesse, apparemment hors de propos, et sans que S... pût comprendre si elle parlait de l'arête ou reprenait une conversation dont le fil lui avait peut-être échappé. Vous êtes trop envié pour que tous ces potins sans aucun fondement... Il n'y a pas un mot de vrai là-dedans !

— Maman, je vous en prie, dit Alfiera d'une voix défaillante.

Le duc émit une série de grognements qu'un bulldog de bonne race n'eût pas désavoués. Le maître d'hôtel et les deux domestiques allaient et venaient autour d'eux avec une indifférence qui dissimulait mal la plus vive curiosité. S... remarqua que ni sa femme ni ses beaux-parents n'avaient regardé la photo. Au contraire, ils détournaient les yeux de cet objet posé sur la nappe avec une application soutenue. Alfiera demeurait figée ; elle avait jeté sa serviette et semblait prête à quitter la table ; elle fixait son mari de ses yeux agrandis avec une supplication muette ; lorsque celui-ci serra sa main dans la sienne, elle éclata en sanglots. S... fit signe aux domestiques de les laisser seuls. Il se leva, vint vers sa femme, se pencha sur elle.

— Ma chérie, je ne vois pas pourquoi cette photo ridicule...

Au mot « ridicule », Alfiera se raidit tout entière et S... fut épouvanté de découvrir sur ce visage d'une beauté si souveraine une expression de bête traquée. Lorsqu'il voulut la prendre dans ses bras, elle s'arracha soudain à son étreinte et s'enfuit.

— Il est naturel qu'un homme de votre situation ait des ennemis, dit le duc. Moi-même...

— Vous êtes heureux tous les deux, c'est la seule chose qui compte, dit sa femme.

— Alfiera a toujours été terriblement impressionnable, dit le duc. Demain, il n'y paraîtra plus...

— Il faut l'excuser, elle est encore si jeune...

S... quitta la table et voulut rejoindre sa femme : il trouva la porte de la chambre fermée et entendit des sanglots. Chaque fois qu'il frappait à la porte, les sanglots redoublaient. Après avoir supplié en vain qu'elle vînt lui ouvrir, il se retira dans son cabinet. Il avait complètement oublié la photo et se demandait ce qui avait bien pu plonger Alfiera dans cet état. Il se sentait inquiet, vaguement appréhensif et fort déconcerté. Il devait être là depuis un quart d'heure lorsque le téléphone sonna. Son secrétaire lui annonça que le signor Baretta désirait lui parler.

— Dites que je ne suis pas là.

— Il insiste. Il affirme que c'est important. Quelque chose au sujet d'une photo.

— Passez-le-moi.

La voix de Baretta au bout du fil était pleine de bonhomie, mais S... avait trop l'habitude de juger rapidement ses interlocuteurs pour ne pas y discerner une nuance de moquerie presque haineuse.

— Que me voulez-vous ?

— Vous avez reçu la photo, mon bon ami ?

— Quelle photo ?

— Celle de votre femme, pardi ! J'ai eu toutes les peines du monde à me la procurer. La famille a bien pris ses précautions. Ils n'ont jamais laissé photographier leur fille avant l'opération. Celle que je vous ai envoyée a été prise au couvent de Palerme par les bonnes sœurs ; une photo collective, je l'ai fait agrandir tout spécialement... Un simple échange de bons procédés. Son nez a été entièrement refait par un chirurgien de Milan lorsqu'elle avait seize ans. Vous voyez qu'il n'y a pas que mon Van Gogh qui est faux : le chef-d'œuvre de votre collection l'est aussi. Vous en avez à présent la preuve sous les yeux.

Il y eut un gros rire ; puis un déclic : Baretta avait raccroché.

S... demeura complètement immobile derrière

son bureau. *Kurlik!* Le vieux mot de l'argot de Smyrne, terme insultant que les marchands turcs et arméniens emploient pour désigner ceux qui se laissent gruger, tous ceux qui sont naïfs, crédules, confiants, et, comme tels, méritent d'être exploités sans merci, retentit, de tout son accent moqueur dans le silence de son cabinet. *Kurlik!* Il avait été berné par un couple de Siciliens désargentés, et il ne s'était trouvé personne parmi tous ceux qui se disaient ses amis pour lui révéler la supercherie. Ils devaient bien rire derrière son dos, trop heureux de le voir tomber dans le panneau, de le voir en adoration devant l'œuvre d'un faussaire, lui qui avait la réputation d'avoir l'œil si sûr, et qui ne transigeait jamais sur les questions d'authenticité... *Le chef-d'œuvre de votre collection est un faux...* En face de lui, une étude pour la *Crucifixion de Tolède* le nargua un instant de ses jaunes pâles et de ses verts profonds, puis se brouilla, disparut, le laissa seul dans un monde méprisant et hostile qui ne l'avait jamais vraiment accepté et ne voyait en lui qu'un parvenu qui avait trop l'habitude d'être exploité pour qu'on eût à se gêner avec lui. Alfiera! Le seul être humain en qui il eût eu entièrement confiance, le seul rapport humain auquel il se fût, dans sa vie, totalement fié... Elle avait servi de complice et d'instrument à des filous aux abois, lui avait caché son visage véritable, et, au cours de deux ans de tendre intimité, n'avait jamais rompu la conspiration du silence, ne lui avait même pas accordé ne fût-ce que la grâce d'un aveu... Il tenta de se ressaisir, de s'élever au-dessus de ces mesquineries : il était temps d'oublier enfin ses blessures secrètes, de se débarrasser une fois pour toutes du petit cireur de bottes qui mendiait dans les rues, dormait sous les étalages, et que n'importe qui pouvait injurier et humilier... Il entendit un faible bruit et ouvrit les yeux : Alfiera se tenait à la porte. Il se leva. Il avait appris les usages, les bonnes manières ; il connaissait les faiblesses de la nature humaine et était capable de les pardonner. Il se leva et tenta de reprendre le masque d'indulgente ironie qu'il savait si bien porter, de retrouver le personnage d'homme du monde tolérant qu'il savait être avec une telle aisance, mais lorsqu'il essaya de sourire, son visage tout entier se tordit ; il chercha à se réfugier dans l'impassibilité, mais ses lèvres tremblaient.

— Pourquoi ne m'avez-vous pas dit ?

— Mes parents...

Il entendit avec surprise sa voix aiguë, presque hystérique, crier quelque part, très loin :

— Vos parents sont de malhonnêtes gens...

Elle pleurait, une main sur la poignée de la porte, n'osant pas entrer, tournée vers lui avec une expression de bouleversante supplication. Il voulut aller vers elle, la prendre dans ses bras, lui

dire... Il savait qu'il fallait faire preuve de géné-
rosité et de compréhension, que les blessures
d'amour-propre ne devaient pas compter devant
ces épaules secouées de sanglots, devant un tel
chagrin. Et, certes, il eût tout pardonné à Alfiera,
mais ce n'était pas Alfiera qui était devant lui :
c'était une autre, une étrangère, qu'il ne connaissait même pas, que l'habileté d'un faussaire avait
à tout jamais dérobée à ses regards. Sur ce visage
adorable, une force impérieuse le poussait à
reconstituer le bec hideux d'oiseau de proie, aux
narines béantes et avides ; il fouillait les traits d'un
œil aigu, cherchant le détail, la trace qui révélerait
la supercherie, la marque qui trahirait la main du
maquignon... Quelque chose de dur, d'implacable
bougea dans son cœur. Alfiera se cacha la figure
dans les mains.

— Oh, je vous en prie, ne me regardez pas
ainsi...

— Calmez-vous. Vous comprendrez cependant que dans ces conditions...

S... eut quelque mal à obtenir le divorce. Le
motif qu'il avait d'abord invoqué et qui fit sensation dans les journaux : faux et usage de faux,
scandalisa le tribunal et le fit débouter au cours de
la première instance, et ce fut seulement au prix
d'un accord secret avec la famille d'Alfiera — le
chiffre exact ne fut jamais connu — qu'il put
assouvir son besoin d'authenticité. Il vit aujour-

d'hui assez retiré et se voue entièrement à sa collection, qui ne cesse de grandir. Il vient d'acquérir *la Madone bleue* de Raphaël, à la vente de Bâle.

Noblesse et grandeur

— On les a tous bouffés ! explique Adrien.

À l'affût sur le toit, avec, à leurs pieds, le village assoupi, ils ont vainement guetté toute la nuit un chant de coq ou un hurlement de chien.

— Les chiens ? piaille Panaït. Tu crois qu'on a bouffé aussi tous les chiens ?

Il part d'un rire gras, postillonnant : la nuit silencieuse en est toute souillée.

— Vos gueules ! ordonne Kopfff.

Les trois Roumains se taisent. Le vieux Michel Christianu serre impatiemment les poings ; comme une proie de sa tanière, la maison de Fédor commence à sortir de l'ombre. Le sort du combat qui va être livré le laisse froid. Il s'est joint à l'Allemand pour régler des comptes personnels : leur voisin Fédor avait fait un gosse à sa fille. «Triste cela, songe Kopfff, triste ! d'avoir à mou-

rir avec des imbéciles et des brutes. Enfin... L'important est la Cause et non ceux qui la servent ! »
Nerveusement il ajuste le monocle dans son œil
fatigué : « De l'allure...du panache ! » Ses bottes
sont soigneusement cirées, ses boutons et son
ceinturon brillent dans la nuit, il a mis sa plus belle
tenue, sa tenue de gala : il s'agit de Mourir. Si seulement il pouvait dominer ce tremblement nerveux des lèvres, ce bégaiement et cette féroce
envie d'uriner... Mais ce ne sont là que des détails.
Il se sent inspiré, prêt à tout, entièrement à la hau-
teur de son rôle. Dans quelques minutes la colère
du Führer va réduire en cendres le village de
Plevtsi. C'est un joli village, enfermé dans la forêt
subcarpatique, d'aspect paisible et innocent... Les
pins sentent bon et murmurent doucement, les
maisons ont des volets rouges, agréables à l'œil
dans toute cette verdure, et sur les toits les
lucarnes sont souvent taillées en forme de cœur.
Mais il ne faut pas se fier aux apparences. Ce village est un sournois, un traître, qui cache son jeu,
un faux jeton de village. Ses habitants n'ont-ils
pas osé se révolter, au premier son des canons de
l'armée russe, n'ont-ils pas osé attaquer le détachement local des S. S., le disperser comme du
vulgaire bétail ? N'ont-ils pas poussé leur impu-
dence jusqu'à s'emparer des puits de pétrole au
moment même où les gens bien intentionnés s'ap-
prêtaient à y mettre le feu, pour les empêcher de

tomber aux mains de l'ennemi ? Mais les maudits puits ne perdront rien pour attendre. Dans quelques minutes, sous les ordres de Kopfff, la partie saine de la population — le bourgmestre et le directeur des raffineries et le propriétaire du journal patriote local *En Avant* et le commissaire de police et quelques autres éléments sûrs, spécialement sortis de prison — la partie saine de la population, revenue de sa surprise, va passer à l'action. Ils sont peu nombreux, mais bien armés. Et leur but est simple. Mettre le feu aux puits. Puis fuir. Panaït tourne vers Kopfff son visage rond et ahuri. La bouche en est toujours ouverte sur des gencives édentées et pleines de salive. « Une lune qui baverait », constate Kopfff avec dégoût.

— On y va ? glapit Panaït.

La cartouche de dynamite lui donne des démangeaisons. Elle est destinée à son rival heureux et haï, Fédor, l'amant de Maria Christianu. Et Panaït a une rude envie de cette Maria de malheur ! Mais il a beau baver pour elle de sa plus belle bave, elle fait aussi peu attention à lui qu'à une limace.

— Ce n'est pas encore l'heure ! dit sèchement Kopfff.

Il se penche légèrement du toit. Le village minuscule, tapi au flanc d'un coteau, avec les tours des puits, debout comme des sentinelles, se précise de plus en plus, à mesure que blanchit la lune et que meurent les étoiles. D'un toit voisin, une silhouette agite les bras : c'est Malescu, directeur des raffineries *Soproso* (le nom complet est Société de Progrès Social). Sur trois ou quatre toits encore, Kopfff devine, plus qu'il ne voit, d'autres silhouettes. « Nous allons peut-être mourir. » Mais sa vie appartient au Führer. Quant à ces trois brutes roumaines, ces déchets d'une race inférieure, leur vie est peu de chose. Elle est bon marché comme les terrains des pays vierges.

— Ça lui apprendra à tourner autour des filles ! grommelle Adrien en crachant.

— Oui, ça lui apprendra ! gémit Panaït.

Il se met à pleurer, en bavant. Ses larmes elles-mêmes ont quelque chose de baveux, d'ignoble. Le vieux Michel Christianu ne dit rien. Il se contente de serrer un peu plus sa joue au poil dur contre la crosse de son fusil : l'âge lui a appris la sagesse et la modération. « Les voilà qui s'apprêtent à vider leurs basses querelles, pense Kopfff, à assouvir leurs viles rancœurs de bâtards... » Son visage a un air hagard, des gouttes de sueur mouillent son front, il est tout entier crispé autour de son monocle, les dents serrées. « Et quand je pense que plus tard on élèvera des monuments à la gloire de ces brutes aveugles et qu'on gravera leurs noms sur du marbre, à coté du mien... »

Il regarde sa montre.

— M... moins d... dix ! annonce-t-il.

II

— Si elle continue à gueuler comme ça, dit Adrien, elle va finir par réveiller Fédor !

Depuis quelques secondes, ils entendent Maria hurler sous le toit. Ils l'ont enfermée dans la maison, pour l'empêcher de courir chez Fédor. Elle et son gros ventre se tiennent dans la cuisine et hurlent : sans doute cherche-t-elle à avertir son amant.

— Je vais la calmer, décide Adrien.

— Non, non ! bave Panaït. Laisse-moi faire.

Il rampe sur le toit et descend par la trappe. Il tombe lourdement dans la cuisine et se fait mal. Il se relève et regarde Maria avec des yeux ronds. Maria est accroupie près de la porte. Elle tient son ventre à pleins bras, comme un de ces paniers de linge qu'elle porte au lavoir.

— Ne le touche pas ! hurle-t-elle. Le Fédor te tuera si tu le touches !

La vieille mère Christianu commence à hurler également. Elle admet qu'un mari batte sa femme, un père sa fille ou un frère sa sœur... C'est la famille. Mais elle n'admet pas les coups venant d'un étranger... Elle hurle.

— Vos gueules ! ordonne Panaït.

Très excité, il tend ses mains vers les jupes de Maria. Mais Maria s'envole littéralement devant lui. Panaït en est très étonné. Il finit quand même

par la coincer et commence à lui fouiller sous les
jupes, en bavant. Mais il reçoit, au derrière, un
coup de pied formidable et se retourne en hurlant.

— Laisse-la ! ordonne Adrien.

— Je suis un ami, bave Panaït. Ce n'est pas une
façon de traiter un ami !

Le cœur gros, il remonte sur le toit. Dans la cuisine, Adrien commence à cogner avec précision.
Ce n'est pas à sa sœur qu'il en veut. Il aime sa
sœur. Mais il vise le gosse. Le maudit rejeton de
Fédor... Lorsque enfin il remonte sur le toit, Maria
hurle moins, mais elle hurle tout de même.

— Je vais la calmer, moi, déclare posément le
vieux Christianu : l'âge lui a appris la sagesse et
la modération. Il descend par la trappe, ramasse
un balai et commence à cogner. Maria hurle. La
vieille mère Christianu se tait : les choses se passent régulièrement. Un frère peut battre sa sœur,
ou un père sa fille... C'est la famille ! Mais elle
regarde son mari avec crainte : le vieux tape dur,
et elle n'a pas d'autre balai. Pan, pan, pan... Crrac !
Le balai casse. Le vieux crache et remonte sur le
toit. Panaït l'accueille, couvert de bave et très
excité.

— Je voudrais bien lui donner un coup ou
deux, moi aussi ! supplie-t-il. Je suis son fiancé,
après tout !

Le vieux lui donne une gifle. Panaït se met à
geindre.

— P... préparez-vous ! ordonne Kopfff.

Les ombres ont fui. La lune a pris la couleur du ciel. Un coq chante soudain, un chien hurle.

— A... a... attention !

Il écoute le chien hurler dans l'aube blême... Dans un éclair il revoit la figure du Führer, prononçant son dernier discours, au Palais des Sports à Berlin... « Aux pionniers du monde nouveau, honneur et salut ! » Les secondes courent sur le cadran avec une rapidité folle... Son cœur bat à tout rompre... « Sur le chemin de la noblesse et de la grandeur, toujours plus loin, toujours plus haut ! *Sieg Heil !* » Est-ce la voix du Führer qui l'exhorte ainsi ou est-ce toujours le chien qui hurle dans l'aube blême ? Il n'y voit plus... « Le monocle. » Il fouille autour de lui, d'une main tremblante... Un dernier regard aux silhouettes noires, figées sur les toits voisins... « B... b... bonne chance, c... compagnons ! B... b... bonne chance ou b...b...belle m... m... mort ! »

— A... a... allons-y !

Il lève sa cartouche...

— Ce n'est pas une façon de traiter un ami ! bave Panaït.

Ils sont abrutis par le fracas formidable et jetés pêle-mêle les uns sur les autres par le souffle de l'explosion.

— Bon Dieu de Bon Dieu ! hurle Panaït. Bon Dieu de Bon Dieu !

D'un bout à l'autre du village, les explosions se succèdent : les amis de l'ordre — la partie saine de la population — sont entrés en action. Épuisé, Panaït se colle à la cheminée et demeure sans bouger, le dos rond, la langue pendante, en chialant.

— Viens ici, i... idiot ! ordonne Kopfff.

— Foutez-moi la paix, glapit Panaït.

Les yeux lui montent au front. Il bave énormément, comme s'il avait une cuite. Kopfff lui décoche un coup de pied au cul. Ce n'est pas le moment de laisser ce dégénéré se dégonfler comme un ballon crevé, plein de bave. On a besoin de lui.

— P... prends ton f... fusil !

— Foutez-moi la paix ! bave Panaït.

Il montre les dents. La peur le rend presque dangereux. Kopfff le saisit au collet et lui applique son revolver sur la nuque.

— Tu s... s... sens ?

Le contact froid de l'arme paralyse Panaït. Il demeure un instant flasque et inerte, entre les mains de Kopfff. Celui-ci se met à le pousser vers le bord du toit, en lui bottant le cul à chaque pas... Les deux Christianu leur tournent le dos. Le cou tendu, ils regardent la maison décapitée, en face. Une fumée noire monte du trou. Mais on ne sait jamais : les murs tiennent encore et peut-être Fédor n'est-il pas tout à fait mort. Panaït tremble de toute sa graisse et essaie de s'arracher à l'étreinte de Kopfff, malgré le revolver qui lui glace la nuque. Il ne bave même plus. Ses mâchoires sont contractées, comme paralysées.

— Prends ton f... f... fusil ! Bégaie Kopfff.

Panaït se défend. Il hurle, aussi, la bouche close, d'une voix de bête. Des coups de feu germent maintenant un peu partout dans le village : la partie saine de la population rencontre de l'opposition.

— Le voilà ! crie soudain Adrien.

Mais déjà le vieux Christianu a tiré : l'âge et l'expérience lui ont appris à ne jamais perdre de temps en vaines paroles. Adrien tire aussi. Kopfff lève la tête, et Panaït en profite pour s'arracher à son étreinte et bondir dans le vide. Cela représente une chute de deux étages, mais il tombe à quatre pattes, comme un singe... De la fumée, en face, Fédor vient de sortir, une mitraillette sous le bras. L'ennemi de l'ordre marche lentement, lourdement. Sans doute est-il blessé...Maria, dans la maison, recommence à hurler. L'ennemi de l'ordre a dû entendre sa voix, car il essaie de courir, en titubant.

— T... t... tiens ! crie en ce moment Kopfff, à l'adresse de Panaït.

Et il lui tire dessus. Panaït reçoit la balle dans les fesses. Il saute en l'air, pousse un hurlement lugubre et se met à courir. Il ne sait pas où il court. Il ne voit pas. Il ne pense pas. Une terreur de bête blessée lui fourrage les tripes et il fonce droit devant lui, à la rencontre de l'ennemi de l'ordre. Il arrive sur lui tête baissée, comme un bélier, et ils roulent à terre tous les deux.

— Tue-le, Panaït !

Mais Panaït ne pense qu'à fuir. Il cherche à se dégager, à s'éloigner... Adrien en a assez. Il saisit une grenade, la mord et la lance. Tant pis pour Panaït. Comme on dit dans le pays — et dans d'autres pays encore — on ne fait pas d'omelette sans casser d'œufs. La grenade fait de la bonne omelette ; l'ennemi de l'ordre et Panaït sont amicalement alignés sur la chaussée.

— Bien, mon fils ! dit le vieux Christianu sans élever la voix : l'âge lui a appris la modération.

— En b... b... bas, v... v... vite ! ordonne Kopfff.

Mais les deux Christianu l'ignorent complètement. Ils ignorent également Panaït, lequel s'aligne pourtant à côté de l'ennemi de l'ordre, sur la chaussée, bavant de sa dernière bave. À la fin, seulement, le vieux Christianu observe, avec bienveillance :

— Il ne bavera plus jamais, Panaït !

Et il louche vers Kopfff. Celui-ci, revolver au poing, essaie de soulever la trappe, pour descendre. Les deux Christianu le regardent faire, avec intérêt. Ils attendent patiemment qu'il la soulève à demi car alors les gonds rouillés se mettent à résister et il faut se servir de ses deux mains. Que Kopfff ait les deux mains occupées par la trappe, voilà ce qu'il attendent. Ils ne se sont pas consultés au sujet de ce qu'ils vont faire. Ils ne se regardent même pas. Leur accord est tout instinctif : il n'est basé ni sur des palabres ni sur de longs raisonnements ou calculs, mais sur un certain nombre de sentiments élémentaires et sains, qu'en bons paysans roumains ils ne peuvent pas ne pas ressentir. Ils ont profité de Kopfff pour régler des comptes personnels. À présent, c'est fini. L'honneur est sauf. Justice est rendue. Ils n'ont aucune envie d'être mêlés à ce qui va suivre. Ils veulent se retirer, avec armes et bagages, pendant qu'il en est encore temps. Peut-être même vont-ils essayer de passer du bon côté, du côté juste, du côté du manche. Ils détestent ce Boche, cet envahisseur, qui se mêle de leur donner des ordres, qui se conduit dans leur village — le village de leurs ancêtres ! — comme en pays conquis. Ce tyran, cet assassin de paisibles paysans...Mais il faut être prudent. Aussi attendent-ils patiemment que Kopfff ait les deux mains occupées par la trappe, dont les gonds sont rouillés.

— Aidez-m... moi ! dit Kopfff.

Ils ne bougent pas. Mais ils l'encouragent du regard. Kopfff pose son revolver et saisit la trappe à deux mains. La trappe résiste. « O... o...ordure ! » Il n'a pas peur. Mais il est pressé de combattre. Il tient à regarder l'ennemi en f...f... face, à marcher en chantant sous les b... b... balles, suivant la meilleure tra... tra... tradition. Il veut se griser du d... d... danger, de l'éclat de la b... b... bataille, il veut courir à l'a... a... assaut d'un pas l... l... léger, en criant *S...Sieg! H...Heil!*. et en sentant à son c... c... coude le coude de ses c... c... compagnons. Il a un r... rendez-vous. Il est p... pressé d'y courir. Là-bas l'attend sa belle v... victoire ou sa belle m... mort !

Mais il rate ce rendez-vous. Il le rate de façon lamentable. La trappe s'ouvre enfin. Elle s'ouvre juste à temps pour recevoir le corps de Kopfff qui s'écroule avec deux balles bien plantées dans la nuque. Le cher homme ne sent rien de désagréable. Rien d'agréable non plus. De façon générale il ne sent rien du tout. Il ne se rend même pas compte que sa fin n'est pas tout à fait telle qu'il l'avait désirée. Elle manque essentiellement de grandeur. Car sa dernière pensée n'est pas du tout pour le F... F... Führer, pour la g... g... grande Allemagne, pour la v... victoire, pour la C... C... C... Cause ou pour quelque chose d'a... a... a... approchant. N... non. Elle est pour l'o... ordure. Il pense : «Cette ordure de t... trappe s'ouvre en... enfin.» Et puis il ne pense plus rien du tout. En somme il meurt en q... q... queue de p... p... poisson.

Une page d'histoire

La bougie recroquevillée pousse un râle. La flamme se noie brusquement dans une petite mare de graisse. Puis le jour entre lentement. Il se glisse entre les barreaux, coule le long du mur, échoue dans un coin. Il se tapit là et regarde. Zvonar lui sourit et le jour lui répond : une sorte de lueur rose, timide, à peine perceptible.

Le Macédonien ronfle contre son épaule : ils dorment serrés l'un contre l'autre, pour avoir plus chaud. Il fait assez clair maintenant pour voir les graffiti sur les murs et Zvonar les relit chaque matin : rien de tel que l'indignation pour faire circuler votre sang plus vite. *Je te salue, Homme, éternel pionnier de Toi-même ! Zdravko Andric, étudiant en lettres à l'Université de Belgrade. L'Homme n'est encore qu'un pressentiment de lui-même : un jour, il se fera. Pavel Povlocic, étudiant en droit, de Sarajevo.* Et encore, une fière citation du poète français Henri Michaux, sur le même thème : *Celui qu'un caillou fait trébucher marchait déjà depuis deux cent mille ans lorsqu'il entendit des cris de haine et de mépris qui prétendaient lui faire peur.* Une autre main avait d'ailleurs gratté plus bas : *Les patriotes yougoslaves auteurs de ces nobles pensées ont été fusillés par les Allemands ce matin.*

Mais les Allemands n'ont fait qu'assurer la relève, pense Zvonar. Ils ont porté le flambeau un peu plus loin, et voilà tout. Ils n'ont fait que continuer l'œuvre de nos illustres pionniers. Il a lui-même ajouté une ligne aux graffiti, en guise de conclusion : *L'affaire homme : une assez sale histoire, dans laquelle tout le monde est compromis.* Ç'a été plus fort que lui : il y a comme ça des murs contre lesquels on a immédiatement envie d'uriner. Avant de rejoindre Tito dans le maquis, il avait été journaliste à Belgrade ; il avait une femme et trois enfants — et il en avait assez d'attendre depuis six semaines son dernier matin sans même un roman policier pour vous réconforter.

Le Macédonien pousse soudain contre son épaule un hurlement de bête blessée. Il doit encore faire un beau rêve, pense Zvonar. Il le saisit par le bras et le secoue violemment. Le dormeur se réveille en sursaut.

— Elle est encore venue me montrer la langue, bredouille-t-il. Comme ça...

Il tire une langue interminable, enflée. Avec sa

peau de mouton, ses cheveux et sa barbe hirsutes, son cou de taureau et des mains de géant, il ressemble à quelque monstre mythologique échoué dans la réalité. Le Macédonien n'est pas un « politique » : il a bien tué quelqu'un — une vieille femme — mais pas pour une idée : pour la dévaliser seulement. En somme, c'est un pur.

— C'est curieux qu'elle te montre toujours la langue...

— C'est pas curieux : je l'ai étranglée.

— Ah ! bon, dit Zvonar.

Il bâille.

— Alors, le jour où elle te montrera son cul, ça voudra dire qu'elle t'a pardonné...

Il regarde vers la porte : il a l'impression qu'on a marché, dans le couloir. Ça doit être nerveux, pense-t-il.

— On fait une partie ?

Le Macédonien sourit : il se sait invincible. Depuis qu'ils sont là, Zvonar n'a pas réussi une seule fois à le battre. Il doit faire plus chaud chez lui, pense Zvonar. C'est un jeu vieux comme le monde : il s'agit de compter ses poux et d'en trouver plus que votre partenaire. Ils commencent à se fouiller.

— Cinq, annonce presque aussitôt le Macédonien, en abattant son jeu.

Il se gratte d'une main experte et ajoute immédiatement :

— Trois et deux, ça fait dix. Je passe.

Il attend avec confiance. Zvonar se fouille avec application : rien. Il ôte sa chemise et l'examine attentivement : toujours rien.

— Ils ont foutu le camp, constate-t-il.

Le Macédonien a l'air effrayé.

— Cherche bien...

Zvonar cherche un bon moment : pas un pou.

Pourtant, il a passé la nuit à se gratter. Les deux hommes se regardent : le Macédonien baisse les yeux.

— Oui, eh bien, on a compris, dit Zvonar. C'est pour ce matin.

— Faut pas être superstitieux, proteste faiblement le Macédonien.

Zvonar prend dans sa poche une lettre qu'il tient prête depuis six semaines et la lui donne.

— C'est pour ma femme. N'oublie pas.

— Ils vont peut-être revenir ?

— Tout de même, dit Zvonar, comment peuvent-ils savoir à l'avance ? Ils doivent avoir des pressentiments. Un sixième sens ? Il faudrait un jour tirer cela au clair...

— Ils ont l'habitude, explique le Macédonien. Il y a un bout de temps qu'ils sont là, ils en ont vu... Les poux se taillent toujours au bon moment, c'est connu.

— La sagesse populaire, quoi, dit Zvonar.

Le Macédonien essaie de se rattraper.

— Mais des fois, ils se trompent, dit-il. Tout le monde peut se tromper.

On marche dans le couloir. La clef grince dans la serrure. Deux gardiens entrent, suivis d'un sous-officier S.S. et d'un prêtre. Le prêtre porte une grosse croix d'argent sur la poitrine ; le sous-officier tient une liste à la main.

— Zvonar, journaliste ?

— C'est moi.

Le Macédonien roule des yeux effrayés. Il se signe.

— Jésus-Marie ! bégaie-t-il.

Zvonar lui-même est impressionné. Il est bon, tout de même, de pouvoir quitter la terre sur un sentiment de mystère. Si les poux peuvent lire l'avenir, s'il existe une puissance mystérieuse pour les avertir et les sauver à temps, tous les espoirs sont vraiment permis. Il a l'impression d'avoir assisté à un acte miraculeux, qui prouverait presque, ou, en tout cas, rendrait plus plausible l'existence de Dieu... Il a été un athée toute sa vie, mais il y a tout de même des signes qui ne trompent pas et des évidences auxquelles il faut bien se rendre. Rien de tel qu'une révélation surnaturelle avant de mourir. Il regarde le prêtre et se met à rire.

— Je suis prêt, dit-il.

Le Protecteur de la Serbie est assis derrière la table de travail dans l'immense bureau du château royal de Belgrade, et en face de lui, au garde-à-vous, le petit doigt sur la couture du pantalon, se tient son fidèle ordonnance tchèque, le bon soldat Schweik. La table est jonchée de bouteilles de bière, « Pilsen pour les connaisseurs », à cinquante pfennigs la bouteille. Sur le tapis, des bouteilles également, mais vides. Il est cinq heures du matin. Le Protecteur de la Serbie regarde avec dégoût le jour blême, le jour vaincu, le jour affamé, le jour yougoslave qui se traîne à ses pieds, malgré l'heure matinale. On dirait qu'il vient déjà présenter des requêtes, des recours en grâce, geindre, insister... Le Protecteur de la Serbie lui décoche un coup de botte, mais le jour reste là ; il se fait même plus visible, plus clair, plus insolent. C'est tout juste s'il ne s'installe pas sur son bureau, s'il ne fouille pas parmi ses papiers. Le Protecteur de la Serbie est furieux. Le jour lui rappelle qu'il a passé la nuit à boire et que son Rapport, son fameux, son capital Rapport n'est toujours pas commencé...

— Relis, Schweik ! ordonne-t-il.

— *Jawohl !* dit le dévoué, le bon soldat Schweik. « J'ai l'honneur d'appeler l'attention des hautes autorités compétentes... j'ai l'honneur de rendre compte. »

Il s'arrête.

— C'est tout ?

— *Jawohl !*

— Alors, bois !

Ils boivent. Le Protecteur de la Serbie est ivre, extrêmement ivre. Et l'affaire est d'une délicatesse, d'une difficulté inouïe. Elle obsède et torture sa cervelle, mais refuse obstinément de se laisser exprimer en mots.

— Schweik !

— *Jawohl !*

— Ce matin, on va encore exécuter un otage... Et qui choisit-on ? Un journaliste célèbre, un pamphlétaire redoutable, habitué de plus au travail subversif... Dès que son âme révolutionnaire sera rendue là-haut, qu'est-ce qu'elle va faire ?

— *Jawohl ?*

— Parfaitement : elle va faire de la propagande contre nous ! Elle va éditer un journal ! Elle va publier contre nous des articles incendiaires, de véritables appels à la révolte, elle va ameuter toutes les âmes contre nous, Schweik !

— Contre nous, *jawohl !* répète avec satisfaction le bon soldat Schweik.

— Elle va nous calomnier, elle va nous dénoncer, elle va mobiliser contre nous des forces inouïes ! Nous sommes des insensés, Schweik, des insensés ! Nous expédions là-haut des millions d'âmes ennemies, nous leur donnons des moyens de transport ! Nous organisons une cinquième colonne d'âmes fortes, résistantes, têtues, bénéficiant souvent d'un sérieux appui religieux, et dirigée entièrement contre nous ! Une levée en masse ! Un front uni d'âmes bien armées, bien entraînées, bien équipées !

— *Jawohl !*

— Écris : « J'ai l'honneur de vous rendre compte que l'exécution ne fait que libérer dans chaque prisonnier politique l'élément révolutionnaire par excellence et ennemi juré du national-socialisme, à savoir, l'âme... Or, que font-elles, ces âmes, une fois arrivées là-haut ? Elles s'organisent. Elles complotent. Elles font paraître des journaux, elles distribuent des tracts, elles tiennent des meetings, elles constituent des milices, elles forment contre nous un bloc résolu, rompu à la lutte politique, soutenu par les juifs et les chrétiens, et ce bloc, nous l'avons formé de nos mains et l'augmentons tous les jours... » Point.

— *Jawohl !*

— Alors, bois !

Ils boivent.

— « J'ai l'honneur de demander à la très haute autorité compétente : notre police là-haut est-elle bien organisée ? Quelles sont ses directives et ses effectifs ? Les autorités locales sont-elles favorablement disposées à notre égard ? Existe-t-il, là-haut, des prisons et des camps de concentration pour âmes avec des cadres suffisants pour maintenir l'ordre ? Je me permets de répondre : beuh ! »

— *Bitte ?*

— Rien n'a été fait ! Rien n'a été prévu ! Rien n'a été organisé, R-r-rien. Et pourtant nous avons besoin d'appuis, là-haut. Nous avons besoin d'amis. Sûrs... Compréhensifs... Car nous n'y entrerons point, le jour venu, à la tête de nos armées victorieuses, protégés par des tanks, portés par des avions ! Nous... Nous y entrerons... seuls !

Sa voix se brise.

— Seuls, bégaie-t-il. J'y entrerai... seul !

— Seul ! répète fidèlement le bon soldat Schweik *Jawohl !*

Le Protecteur de la Serbie vide une bouteille de bière.

— Nous avons beau être victorieux, redoutés, puissants... posséder l'Europe d'un bout à l'autre. Nous y entrerons seuls... tous... même les plus grands d'entre nous... Le Führer... chut ! chut !

— Chut ! *Jawohl !*

— Chut ! Le Führer y entrera seul !

— Chut !

— Chut ! Ce jour-là — quand il se présentera — nous n'aurons pas assez de tous nos amis là-haut ! Nous aurons besoin d'appuis... nous aurons besoin de protection !

Il se penche en avant :

— Or, murmure-t-il, qui envoyons-nous pour nous préparer le terrain. Qui ? Nos ennemis les plus acharnés : les âmes ! Les âmes des exécutés, des morts de faim, des morts de désespoir... Elles sont là-bas. Elles nous attendent. Elles complotent. Elles s'organisent. Elles s'arment. Elle sont prêtes... Elles occupent tous les points stratégiques... Elles se mettent en position...

Il hurle soudain :

— Nous sommes foutus ! Prends-moi note de ça, Schweik !

— *Jawohl !* dit avec satisfaction le bon soldat Schweik. Nous sommes foutus !

Mihalic ouvre les yeux. Son regard glisse sur le mur opposé, tombe par terre et se fixe sur un rat qui traverse justement la cellule. Il la traverse dignement, sans se presser. Il s'arrête même, chemin faisant, et jette à Mihalic un sale regard, nettement insultant. Mihalic se penche, saisit son soulier...

— Laissez ce rat tranquille ! dit une voix. Nous sommes chez lui, ici !

Mihalic se dresse, surpris. Sur le grabat opposé, jusqu'à ce jour inoccupé, un monsieur est assis. C'est un monsieur bien, assez âgé, très proprement mis ; il porte un lorgnon, un col cassé et un nœud papillon. Il n'a pas quitté son pardessus et tient son chapeau à la main. Mihalic se gratte le dos et regarde l'intrus avec mélancolie.

— Vous remarquerez que j'ai fait le moins de bruit possible, cette nuit. Pour tout dire, cher Monsieur, j'ai pénétré dans votre refuge sur la pointe des pieds !

Il parle d'une voix assurée, avec détachement, en homme habitué à être écouté. Mihalic est perplexe.

— Qui êtes-vous ? demande-t-il, avec une sévérité qui cherche à compenser son manque d'assurance.

— Je suis, dit le monsieur, je suis la jonction ferroviaire de Molinec-Clichy ! Pour vous servir.

Il soulève son chapeau. Un toqué, pense Mihalic, avec une certaine appréhension. De nouveau, il empoigne son soulier, à tout hasard...

— Je suis, évidemment, quelqu'un de très important, dit le monsieur, sans fausse modestie. Quand je pense à tout le ravitaillement du front d'Italie qui passe par moi... Savez-vous qu'au cours de la dernière semaine seulement, j'ai été traversé par cinq convois militaires allemands par jour, chargés de troupes et de canons ? La conscience du rôle important que je jouais dans la bataille de l'Europe m'empêchait de dormir la nuit ! J'ai une très jolie gare régulatrice, continue le monsieur, rêveusement, comme s'il parlait de ses charmes intimes. Je suis parcouru par une rivière. À un de mes bouts, il y a un tunnel. À l'autre, un pont suspendu...

Mihalic le regarde avec un intérêt professionnel.

— Cinq convois par jour, grogne-t-il. On n'a jamais essayé de vous faire sauter ?

— Quatre fois, dit la jonction ferroviaire de Molinec-Clichy, avec fierté, en ajustant le lorgnon sur son nez. Mais le travail était fait par des amateurs. Je n'ai subi que des dégâts insignifiants. Un léger retard, et les convois allemands se remettaient en route pour le front. Alors, j'ai décidé de prendre l'affaire en main moi-même. J'ai établi un plan. Je me suis procuré les matériaux. J'ai surveillé les premiers travaux... Les honorables autorités du Protectorat ont eu vent de quelque chose. En votre qualité de maire de Molinec-Clichy, nous vous prenons comme otage. Vous répondez sur votre tête de ce nœud ferroviaire important...

— Alors ?

— Alors, mon fils est toujours libre, fort heureusement. C'est un ingénieur expérimenté, son éducation m'a coûté beaucoup d'argent...

Il regarde sa montre.

— Le travail a dû être fait à trois heures, ce matin... C'est-à-dire, il y a deux heures exactement. Le front d'Italie attendra en vain ses renforts... Quant à moi, je ne pense pas avoir à attendre longtemps !

Un bruit de bottes, dans le couloir... la clef tourne dans la serrure. Le monsieur se lève, ajuste son pince-nez et met son chapeau.

— La jonction ferroviaire de Molinec-Clichy vous fait ses adieux, camarade !

— Schweik !

— *Jawohl !*

— Je les vois, toutes ces âmes ! Elles sont partout ! Elles grouillent ! Elles rampent ! Elles hurlent ! En serbe... En polonais... En français... En russe... En yiddish ! À bas le fascisme ! À bas les bourreaux ! À bas les sans-cœur, les sans-pitié, les sans-Dieu ! À bas...

Il appuie un doigt contre sa poitrine.

— À bas le Protecteur de la Serbie ! Qu'on nous le donne ! Qu'on nous jette son âme ! On l'enfermera dans une cellule puante ! On l'affamera. On le torturera. On lui fera perdre la raison... Schweik ?

— *Jawohl ?*

— Je ne suis pas encore mort, hein ? Je suis toujours là ? Ce n'est pas encore commencé ? Ou bien, est-ce que... Schweik !

— *Jawohl!* fait le fidèle Schweik. Vous n'êtes pas encore mort, mais c'est déjà commencé.

— Je les entends, toutes ces âmes... Liberté! Égalité! Fraternité! Justice! Humanité! Elles se ruent partout, arrêtent la circulation, débordent le service d'ordre... Elles grimpent sur les becs de gaz, sur les monuments publics... Le-droit-à-la-vie! Le-droit-à-la-paix! Le-droit-de-penser, de-parler, de-crier! Le droit d'être bossu, bègue, nègre, juif, homme! Le droit d'être châtain! Le droit d'être rouge, vert, jaune, noir! Nous voulons, pour nos enfants, des morts naturelles! Elles se répandent partout, arrachent les pavés, mettent le feu à la Maison de la Culture fasciste, forcent les cordons de police, renversent les tramways! Une âme décorée de la Croix de fer est piétinée et jetée dans l'égout. Tous les nuages sont couverts d'affiches : « Âmes libres, en avant! » et « Pour un front commun des âmes, unissez-vous! » Schweik!

— *Bitte?*

— Ça va mal! Elles ont occupé la centrale électrique et la station de T.S.F. Personne ne leur résiste. Le pape a fait diffuser un message de sympathie! Où sont donc les âmes national-socialistes, Schweik?

— J'ai l'honneur de vous rendre compte : il n'y en a pas! *Jawohl!*

— C'est un déluge! Elles emportent tout sur

leur passage ! Il y a des ralliements sensationnels ! Saint Pierre a grimpé sur un nuage : il prononce un discours ! Il leur jette les clefs du paradis ! « Entrée libre pour tous sans distinction de race ! » vocifère-t-il. Il est porté en triomphe. La foule hurle sur l'air des lampions : « Dieu-a-vec-nous ! Dieu-a-vec-nous ! » Schweik, tu crois vraiment que Dieu... hein ?

— *Jawohl !*

— Chut... ! J'entends un agréable bruit de bottes... Les âmes des ennemis de l'ordre semblent résister... Elles s'arrêtent... Quel est ce chant ? C'est le *Horst Wessel Lied* ! Ce sont nos troupes, Schweik, qui avancent ! Ce sont les âmes de nos soldats mortels. La légion des âmes anti-bolcheviques ! Elles avancent au pas de l'oie, au coude à coude. Quelle allure ! Sacré nom de Dieu, quelle allure ! Ça brille ! Ça étincelle ! Les poignards, les bottes, les ceinturons... Mais... Mais où sont donc les chefs, Schweik ?

— En bas, dit froidement le bon soldat Schweik.

Il regarde son maître avec un certain espoir. Le Protecteur de la Serbie fait un effort pour se lever.

— Il n'y a pas un instant à perdre ! bredouille-t-il.

Il tombe sa veste et commence à enlever ses bretelles.

— Il faut les mener au combat, hoquette-t-il. Il

faut donner un chef à nos héroïques pionniers...
Schweik, aide-moi !

— Avec plaisir, dit Schweik. *Jawohl !*

Il grimpe sur la table. Il fait un nœud coulant et
attache solidement les bretelles au lustre. Ensuite,
il aide son maître à monter sur la table et le sou-
tient avec dévouement.

— Pas d'hésitation, en avant ! bégaie le Protecteur de la Serbie, pendant que le fidèle Schweik
lui passe le nœud autour du cou. De l'audace... De
l'audace... De l'initiative... *Sieg Heil !* Je prends le
commandement !

Le fidèle Schweik le pousse obligeamment. Il
saute et se balance. Le choc semble le dessaouler
quelque peu. Il se débat. Le bon soldat Schweik
le regarde faire avec intérêt. Mais le corps continue à se balancer et ce mouvement régulier lui
donne le vertige. Il le saisit par les jambes, et le
maintient solidement jusqu'à ce qu'il ait fini de
gigoter. Puis il lui tourne le dos.

Les habitants de la Terre

Sur la route de Hambourg à Neugern il y avait avant la guerre une bourgade qui s'appelait Paternosterkirchen. La région fut jadis célèbre pour son industrie du verre et sur la place principale du lieu, devant le palais du Bourgmestre, les touristes venaient admirer la fameuse fontaine du Souffleur, représentant le légendaire Johann Krull, maître ouvrier qui avait juré de souffler son âme dans une pièce de verre de Paternosterkirchen, afin que l'industrie qui avait fait la renommée du pays pût être dignement représentée au paradis. La statue du brave Johann en train d'accomplir son exploit, ainsi que le palais du Bourgmestre, un curieux bâtiment du XIIIᵉ siècle où étaient conservés les échantillons de toutes les pièces soufflées à Paternosterkirchen, ont disparu en même temps que le reste de la petite ville au cours du dernier conflit mondial, à la suite d'une erreur de bombardement.

Il était quatre heures de l'après-midi et la place du Souffleur était vide. À l'ouest, un soleil jaune et gonflé s'enfonçait lentement dans une poussière noirâtre qui flottait au-dessus des ruines de l'ancien quartier résidentiel, où des équipes de déblaiement achevaient d'abattre les murs de la Schola Cantorum, connue jadis dans toute l'Allemagne pour avoir formé quelques-uns des plus fameux chœurs du pays. La Schola avait été fondée par les propriétaires des souffleries de la ville, en 1760 et, dès leur plus jeune âge, les enfants des ouvriers y venaient exercer leur souffle sous la direction du curé. Il neigeait un peu : les flocons descendaient lentement et semblaient hésiter avant de toucher terre. La place demeura vide, un bon moment un chien osseux la traversa rapidement, en suivant son idée, le nez collé au sol ; un corbeau descendit avec prudence, piqua quelque chose et s'envola aussitôt. Un homme et une jeune fille sortirent d'un terrain vague, à l'endroit précis où commençait jadis le Ganzgemütlichgässchen. L'homme avait une valise à la main ; il était âgé, petit, tête nue, vêtu d'un pardessus râpé. Il portait autour du cou une maigre écharpe soigneusement nouée ; il essayait néanmoins de rentrer le plus possible la tête dans ses épaules, sans doute pour diminuer d'autant la surface exposée au froid. Un poil gris sortait de sa figure ronde et ridée, aux yeux effarés. Il paraissait complètement

ahuri. Il tenait par la main une jeune fille blonde
qui regardait fixement devant elle, un sourire
curieusement figé aux lèvres. Elle portait une jupe
trop courte pour son âge et même un peu indé-
cente, ainsi qu'un ruban de fillette dans les cheveux : on eût dit qu'elle avait grandi sans s'en
apercevoir. Elle devait avoir pourtant dans les
vingt ans. Elle était outrageusement et maladroitement maquillée : des taches d'ocre, mal étalées,
débordaient les pommettes, le rouge donnait aux
lèvres une forme asymétrique. On sentait le travail des doigts gelés. Elle portait des souliers
d'homme sur des bas de laine, une petite veste en
fourrure miteuse, aux manches trop courtes, et des
gants troués. Le couple fit quelques pas et s'arrêta
au milieu de la place bien déblayée à l'endroit où
se dressait jadis la statue du bon Johann et où l'on
ne voyait maintenant que les traces laissées sur la
terre humide par les roues des camions qui allaient
rejoindre l'autostrade de Hambourg. Les flocons
de neige descendaient lentement dans leurs cheveux et sur leurs épaules ; c'était une neige pauvre
et ratée qui n'arrivait pas à ses fins et ne faisait
que souligner tout ce qu'il y avait de gris au
monde.

— Où sommes-nous ? demanda la jeune fille.
Vous avez trouvé la statue ?

Son compagnon promena son regard sur la
place vide, puis soupira.

— Oui, dit-il. Elle est juste devant nous, là où elle devait être.

— Elle est belle ?

— Très belle.

— Alors, vous êtes content ?

— Oui.

Il posa sa petite valise par terre.

— On va s'asseoir un moment, dit-il. Les camions passent par ici et il y en aura bien un qui acceptera de nous prendre. Évidemment, on aurait pu suivre l'autostrade directement, mais je n'ai pas voulu passer près du village sans revoir la statue de Johann Krull. J'ai joué tant de fois ici lorsque j'étais petit.

— Eh bien, regardez-la, dit la jeune fille. Nous ne sommes pas pressés.

Ils s'assirent sur la petite valise et demeurèrent un moment serrés l'un contre l'autre, sans parler. Ils avaient cet air calme et chez eux des gens de nulle part. La jeune fille souriait toujours et le bonhomme paraissait compter les flocons de neige. Parfois, il sortait de sa rêverie et se frappait la poitrine de ses bras, en soufflant bruyamment, puis il se calmait. Cet exercice semblait lui fournir pour quelque temps toute la chaleur dont il avait besoin. La jeune fille ne bougeait pas. Elle ne semblait pas avoir besoin de chaleur. Son compagnon ôta son soulier droit et commença à masser vigoureusement son pied, en faisant la grimace. De temps en temps, un camion chargé de débris traversait la place et le bonhomme se levait d'un bond et gesticulait fébrilement, mais les camions ne s'arrêtaient pas. Il se rasseyait alors tranquillement et recommençait à masser son pied gelé avec application. Les camions laissaient derrière eux un nuage de poussière et de saleté et il se passait un bon moment avant que l'oeil pût saisir un flocon blanc.

— Il neige toujours ? demanda la jeune fille.

— Oh la la ! Bientôt on ne verra plus la terre.

— Tant mieux.

— Pardon ?

— J'ai dit : tant mieux.

Le bonhomme suivit tristement du regard un flocon débile qui passait par là, lui tendit la main et referma le poing sur une larme glacée.

— Ça doit être joli, dit la jeune fille. J'aime bien la neige. J'aimerais bien voir la statue aussi.

Il ne répondit pas, sortit de sa poche une petite fiole de schnaps, tira le bouchon avec ses dents et but parcimonieusement. Il promena ensuite autour de lui un regard effaré et porta vite le goulot à ses lèvres.

— Ça sent l'alcool, dit la jeune fille.

Le bonhomme remit précipitamment la fiole dans sa poche.

— C'est un passant, dit-il. Il a sans doute bu. Qu'est-ce que tu veux, demain, c'est Noël.

— Remettez-moi un peu de poudre, dit la jeune fille. J'ai l'impression d'avoir la figure toute bleue.

— C'est le froid, dit son compagnon, et il soupira.

Il fouilla dans sa poche, trouva le poudrier, l'ouvrit et approcha la houppette du visage de la jeune fille. La houppette tomba deux ou trois fois de ses doigts engourdis.

— Là, fit-il enfin.

— Il m'a regardée ?

— Hein ? s'étonna le bonhomme. Qui ça ? Ah ! bien sûr, se rattrapa-t-il. Tous les passants te regardent, bien sûr. Tu es très jolie.

— Ça m'est égal. Mais je ne veux pas avoir l'air d'une folle. J'étais toujours très bien coiffée et bien habillée. Mes parents y tenaient beaucoup.

Des corbeaux s'élevèrent brusquement d'un terrain vague, flottèrent un moment au-dessus de la place déserte et s'éloignèrent en croassant. La jeune fille leva un peu la tête et sourit.

— Vous entendez ? J'aime beaucoup le cri des corbeaux. On voit tout de suite le paysage.

— Oui, dit le bonhomme.

Il regarda autour de lui peureusement, tira rapidement la fiole de schnaps de sa poche et but.

— Un paysage de Noël, dit la jeune fille, en souriant toujours, les yeux levés. J'imagine ça très bien, comme si je le voyais. Des cheminées qui fument dans le crépuscule, le marchand qui pousse sa brouette chargée de sapins, des boutiques gaies et bien approvisionnées, les flocons blancs dans les fenêtres éclairées...

Son compagnon baissa la bouteille et s'essuya les lèvres.

— Oui, dit-il, d'une voix un peu éraillée. Oui, c'est tout à fait ça. Il y a aussi un bonhomme de neige, avec un chapeau haut de forme et une pipe. C'est sûrement les enfants qui l'ont fait. Nous en faisions toujours un, pour Noël.

— Si je dois vraiment recouvrer la vue, j'aimerais bien que ce soit pour Noël. Tout est tellement blanc, tellement propre.

Le vieux regardait une flaque de boue à ses pieds d'un air morne.

— Oui.

— Remarquez, Je ne suis pas pressée. Je suis bien comme je suis.

Le petit homme s'anima soudain, gesticula, les bras levés.

— Mais non, mais non, protesta-t-il. Il ne faut pas dire ça. Justement, c'est ca qui t'empêche de voir. C'est psychologique... Les docteurs ont tous reconnu que le traitement peut être long, qu'il peut être difficile, mais tu guériras sûrement. Si tu continues à résister, même le professeur Stern ne pourra rien pour toi. Je sais bien tout ce que tu as vu, tout ce qu'on t'en a fait voir...

Il gesticulait en pérorant, assis sur la petite valise, et les deux bouts de son écharpe s'agitaient aussi.

— Tu as eu un bien grand choc. Mais c'étaient des soldats, des brutes de guerre... Tous les hommes ne sont pas comme ça. Il faut avoir confiance dans les hommes. Tu n'es pas vraiment aveugle. Tu ne vois pas parce que tu ne veux pas voir... Tous les médecins ont dit que c'est un choc nerveux... Si tu y mets un peu de bonne volonté, si tu ne résistes pas, si tu veux voir, le professeur Stern te guérira sûrement, peut-être pour Noël prochain. Seulement, il faut avoir confiance !

— Vous sentez l'alcool, dit la jeune fille.

L'homme se tut, enfonça les mains dans les manches de son pardessus et rentra la tête dans ses épaules. Il se serra un peu plus contre la jeune fille et ils demeurèrent à nouveau silencieux sur leur petite valise, pendant que la neige continuait autour d'eux sa valse hésitante.

Un camion quitta les ruines de la Schola Cantorum et traversa la place. Le petit homme se leva une fois de plus pour l'arrêter, mais ne manifesta pas d'espoir lorsque le camion ralentit, ni de dépit lorsqu'il s'éloigna. Le camion était chargé de débris et laissa derrière lui une poussière rouge. La jeune fille en reçut dans la figure et se frotta les yeux ; son compagnon sortit de sa poche un mouchoir très propre et lui frotta délicatement les paupières et le front avec attention, comme s'il eût voulu faire disparaître la moindre trace d'impureté.

— Il ne s'est pas arrêté ? demanda la jeune fille.

— Il ne nous a sûrement pas vus.

La nuit les enveloppait peu à peu et le ciel remplaça ses flocons par des étoiles. Les derniers corbeaux s'envolèrent avec des cris à demi endormis et la lune se leva pour arranger un peu les choses et adoucir les ténèbres. Un camion passa encore : les phares regardèrent fixement le couple, puis se détournèrent avec indifférence.

— Il va falloir marcher, dit le bonhomme. Ils ne vont sûrement pas dans notre direction et on ne peut tout de même pas leur demander de changer de chemin.

La jeune fille se leva et attendit. Son compagnon s'affaira autour de la valise.

— Voilà, voilà.

Il regarda la jeune fille à la dérobée, prit rapidement une autre bouteille, plus grosse, dans la valise et but. Il s'arrêta pour souffler et but encore. Dans la valise, il y avait des jouets, des poupées, des ours en peluche, des cheveux d'anges et des boules rnulticolores. Il y avait aussi un déguisement de père Noël : une robe rouge bordée de blanc, un bonnet avec son pompon, et une fausse barbe blanche. Le bonhomme referma la valise, prit la jeune fille par la main et ils se mirent à marcher vers l'autostrade. La neige avait mouillé l'asphalte et la route brillait sous leurs pas. Ils arrivèrent bientôt à un poteau qui indiquait la direction de Hambourg et la distance : soixante-cinq kilomètres. Le bonhomme jeta un regard à l'inscription et pressa le pas.

— On est presque arrivés, dit-il avec satisfaction.

Les phares d'un camion apparurent sur la route et agrandirent rapidement leur regard dans un grondement monotone. Le bonhomme bondit, s'agita, leva le bras et fit de grands gestes. Le camion les dépassa d'abord, puis freina et revint lentement en marche arrière. Le bonhomme trotta vers la portière.

— Nous allons à Hambourg, cria-t-il.

On ne voyait pas le visage du chauffeur, au fond de la cabine. Juste une silhouette obscure et les mains sous la veilleuse bleue qui tremblaient sur le volant. L'homme parut les observer un moment, puis une main se détacha du volant et leur fit signe de monter. Il faisait chaud, dans la cabine. La jeune fille s'appuya contre la portière, glissa les mains dans les manches de sa veste et s'endormit avant même que le camion ne démarrât. Son compagnon s'installa à côté d'elle, la valise sur ses genoux. Il était vraiment petit et ses pieds, chaussés de gros godillots craquelés et boueux, se balançaient sans toucher le sol. Dans la lumière de la veilleuse, son visage blafard et rond paraissait enfantin malgré les rides et le poil gris des joues et du menton. Son corps suivait le mouvement du camion, mais il faisait très attention de ne pas heurter la jeune fille, de ne pas la réveiller. Le bruit du moteur et la chaleur de la cabine lui montaient visiblement à la tête et, s'ajoutant à la fatigue et aux effets de l'alcool, parurent le saouler, Il se mit à parler au chauffeur avec volubilité. Il s'appelait Adolf Kanninchen, de Hanovre, il était marchand ambulant; il vendait des jouets et si le chauffeur avait des enfants il se ferait un plaisir de lui montrer ses articles... Le chauffeur ne paraissait pas écouter, on ne voyait de son visage qu'une tache luisante. De temps en temps, il jetait un regard rapide à la jeune fille endormie dans son coin. Malheureusement, papotait le bonhomme, les affaires n'étaient pas fameuses. Il avait beaucoup compté sur les fêtes et il avait fait une mise de fonds considérable pour acheter des articles de Noël et un déguisement pour lui-même, mais il avait beau traîner dans les rues pendant des heures avec son bonnet rouge et sa barbe blanche, ils n'arrivaient même plus à manger à leur faim. Peut-être qu'à Hambourg, une grande ville, ça irait mieux. Oui, ils se rendaient à Hambourg : il s'agissait de la jeune fille. Elle était... Comment dire ? Elle était malade. Les parents avaient été tués et, de plus, la pauvre petite, il lui était arrivé malheur. Oh ! il ne tenait pas à entrer dans les détails, les soldats sont ce qu'ils sont, on ne peut pas leur en vouloir vraiment. Mais enfin, ce fut un grand choc pour la petite : elle a perdu brusquement la vue. Plus exactement, il s'agit, comme l'a dit le docteur, d'une cécité psychologique. Elle a fermé les yeux sur le monde, voilà. Quelque chose d'assez compliqué. Elle n'est pas à proprement parler aveugle, mais c'est tout comme, puisqu'elle ne peut pas voir. Naturellement, elle refuse de voir, mais les médecins disent que ça revient au même. Il ne s'agit pas du tout de simulation. Une forme d'hystérie, c'est ainsi que les médecins appellent ça. Elle ne veut plus rien voir. Elle s'est réfugiée dans la cécité, comme ils disent. Très difficile à guérir, il faut beaucoup de délicatesse, de dévouement, d'affection... Le chauffeur tourna encore une fois la tache luisante de son visage vers la jeune fille, la regarda plus longuement, puis se tourna vers la route. Oui, la petite est du verre fêlé, du fragile. Les bombardements, la vie dans les ruines et puis ces malheureux soldats... Oh ! bien sûr, ils ne savaient pas ce qu'ils faisaient, c'était la guerre, ils croyaient bien faire. Seulement, voilà, depuis, la petite a fermé les yeux sur tout. C'est-à-dire, elle les a fermés à l'intérieur d'elle-même, autrement, elle les tient toujours ouverts, ils sont même très jolis, tout bleus — enfin, c'est difficile à expliquer. Tout cela est très psychologique. C'est guérissable, bien sûr, la science a fait de tels progrès, il n'y a qu'à voir tout autour, c'est merveilleux, surtout en Allemagne, nous avons de très grands savants, de véritables pionniers d'un monde nouveau, même nos ennemis l'admettent. Seulement, de vrai spécialiste, les médecins disent qu'il n'y en a qu'un, le professeur Stern, à Hambourg. C'est un homme sans précédent, un événement sur la terre. Tous les médecins sont d'accord là-dessus. Il vous soigne même pour rien, si le cas est intéressant. Et le cas de la petite est très intéressant, il n'y a pas de doute là-dessus. Cécité psychologique, disent les médecins. Très rare, quelque chose d'extra. Tout à fait ce qu'il faut pour le professeur Stern, qui fait tout par la psychologie. Il parle au malade avec gentillesse — la gentillesse, là-dedans, c'est l'essentiel, là comme partout — et puis il prend des notes et au bout de quelques mois, ça y est, le malade est guéri. C'est très long, malheureusement. Il faut aller très doucement. Vous comprenez, c'est du verre fêlé, cette petite, il faut la garder dans du coton. Aussi, je fais bien attention à ce que je lui dis, je peins toujours tout sous des couleurs agréables. Pas de ruines, pas de soldats, rien que des petites maisons gentilles, tuiles rouges, jardins potagers, des braves gens dans tous les coins. Je lui mets un peu de rose partout, vous comprenez. Ça me va très bien, d'ailleurs, je suis optimiste de nature. Je fais confiance aux gens. Je dis toujours : Faites confiance aux gens, ils vous le rendront au centuple. Ce qui m'inquiète un peu, c'est que le traitement est si long, mais j'espère que les gens, à Hambourg, sont friands de jouets. Les gosses, en Allemagne, ça ne manque pas, ce sont plutôt les parents qui manquent, ce qui explique un peu la mévente des jouets. Enfin, je reste optimiste. Nous, les hommes, nous ne sommes pas encore arrivés, nous prenons seulement le départ, il suffit d'aller de l'avant, un jour on sera vraiment quelqu'un. J'ai confiance en l'avenir. La petite n'est pas ma fille, ni ma nièce, rien de tout cela, c'est une étrangère, si vous voulez, dans la mesure où un homme peut considérer son prochain comme un étranger...

Assis sur la banquette, la valise sur ses genoux, il faisait de grands gestes, son petit visage tout bleu dans la lumière de la veilleuse. Le regard du chauffeur glissa encore une fois vers la jeune fille, s'arrêta un instant sur les joues maquillées, les lèvres entrouvertes dans un sourire endormi, sur la faveur rose dans ses cheveux blonds. Le bonhomme continuait à papoter, mais il se balançait de plus en plus et son menton touchait sa poitrine... Les freins grincèrent. Le bonhomme s'était endormi, plié en deux sur sa valise. Il fut projeté en avant, le nez contre le pare-brise et poussa un hurlement.

— Qu'est-ce que c'est, mon Dieu?

— Descends.

— Vous n'allez pas plus loin?

— Descends, je te dis.

Le bonhomme s'affaira.

— Eh bien, ça ne fait rien, ça ne fait rien... En vous remerciant...

Il sauta sur la chaussée, posa sa valise et tendit les bras pour aider la jeune fille à descendre. Mais le chauffeur se pencha, lui claqua la portière au nez et démarra. Le bonhomme demeura seul sur la route, les bras encore tendus, la bouche ouverte.Il regarda le feu rouge du camion s'éloigner rapidement dans la nuit, puis poussa un cri, saisit la valise et se mit à courir. Il neigeait maintenant pour de bon et sa silhouette gesticulait et s'agitait lamentablement parmi les flocons blancs. Il courut un bon moment, puis ralentit, essoufflé, s'arrêta, s'assit sur la route et se mit à pleurer. La neige valsait gentiment autour de lui, venait se poser dans ses cheveux, glissait dans son cou. Il cessa de sangloter mais eut le hoquet et dut se frapper la poitrine pour essayer de le maîtriser. Il soupira enfin profondément, s'essuya les yeux du bout de son écharpe, saisit la petite valise et se remit en route. Il marcha une bonne demi-heure et soudain apercut devant lui une silhouette familière. Il poussa un cri de joie et courut vers elle. La jeune fille se tenait immobile au milieu de la chaussée et paraissait l'attendre. Elle souriait, la main tendue : les flocons épais fondaient doucement entre ses doigts. Le bonhomme lui entoura les épaules de son bras.

— Excuse-moi, bredouilla-t-il. J'ai perdu un instant confiance... J'ai eu tellement peur j'imaginais les pires choses... Je pensais que je ne te reverrais plus.

La belle faveur de soie rose était défaite. Le maquillage s'était brouillé, le rouge des lèvres était répandu sur les joues, sur le cou. La fermeture Éclair de la jupe était arrachée. Elle tirait maladroitement sur un bas qui refusait de tenir.

— Et puis, on ne sait jamais, il aurait pu te faire du mal...

— Il ne faut pas toujours imaginer le pire, dit la jeune fille.

Le bonhomme approuva énergiquement.

— C'est vrai, c'est vrai, reconnut-il.

Il leva la main et saisit un flocon.

— Si seulement tu pouvais voir ça, s'exclama-t-il. Cette fois, c'est de la vraie neige ! Demain, on ne verra rien d'autre. Tout sera blanc et neuf, bien propre. Allons, en route ! Nous ne devons plus être très loin.

Ils arrivèrent presque aussitôt à une borne et le bonhomme lut, en tendant le cou : « Hambourg,

cent vingt kilomètres. » Il ôta ses lunettes précipitamment, ses yeux et sa bouche s'ouvrirent déme-
surément dans une expression de consternation.
Le malheureux chauffeur leur avait fait parcourir
soixante kilomètres dans une mauvaise direction.
Il n'allait pas du tout à Hambourg. Le pauvre, sans
doute avait-il mal compris ce qu'on lui disait.

— Allons, dit-il gaiement, ce n'est plus du tout
loin, à présent.

Il la prit par la main et ils continuèrent à marcher dans la nuit blanche qui leur caressait le
visage.

DÉCOUVREZ LES FOLIO 2 €

Parutions de septembre 2010

Hans Christian ANDERSEN   *La Vierge des glaces*
Un conte merveilleux à vous donner des frissons !

Paul BOWLES   *L'éducation de Malika*
À travers le portrait d'une jeune Marocaine aux prises avec la civilisation occidentale, l'auteur du célèbre *Thé au Sahara* nous entraîne dans un voyage sentimental et initiatique.

COLLECTIF   *Au pied du sapin*
Contes de Noël de Pirandello, Andersen, Maupassant...
Un petit livre à offrir et à se faire offrir !

Philip K. DICK   *Petit déjeuner au crépuscule et autres nouvelles*
Prendre votre petit déjeuner avec Philip K. Dick n'est pas sans danger. Qui sait ce que vous réserve le reste de la journée ?

Alfred de MUSSET-   *« Ô mon George, ma belle maîtresse... »*
George SAND   Lettres
La plus célèbre correspondance amoureuse de l'époque romantique.

Paul VERLAINE   *L'Obsesseur* précédé d'*Histoires comme ça*
Loin de la musique des *Fêtes galantes* et des *Romances sans paroles*, Verlaine nous offre des textes étranges et sans complaisance.

Et dans la série *Petit éloge*

Vincent DELECROIX   *Petit éloge de l'ironie*
Comment écrire un éloge de l'ironie ?

Jean-Baptiste GENDARME   *Petit éloge des voisins*
Vous ne regarderez plus jamais vos voisins de la même manière !

Bertrand LECLAIR   *Petit éloge de la paternité*
Et si devenir père était le début d'une grande aventure ?

Grégoire POLET   *Petit éloge de la gourmandise*
Un petit éloge qui vous mettra l'eau à la bouche...

Dans la même collection

M. D'AGOULT   *Premières années* (Folio n° 4875)

R. AKUTAGAWA   *Rashômon* et autres contes (Folio n° 3931)

E. ALMASSY   *Petit éloge des petites filles* (Folio n° 4953)

AMARU   *La Centurie. Poèmes amoureux de l'Inde ancienne* (Folio n° 4549)

P. AMINE   *Petit éloge de la colère* (Folio n° 4786)

M. AMIS   *L'état de l'Angleterre* précédé de *Nouvelle carrière* (Folio n° 3865)

H. C. ANDERSEN   *L'elfe de la rose* et autres contes du jardin (Folio n° 4192)

ANONYME   *Ma'rûf le savetier.* Un conte des *Mille et Une Nuits* (Folio n° 4317)

ANONYME   *Le Petit-Fils d'Hercule* (Folio n° 5010)

ANONYME   *Le poisson de jade et l'épingle au phénix* (Folio n° 3961)

ANONYME   *Saga de Gísli Súrsson* (Folio n° 4098)

G. APOLLINAIRE   *Les Exploits d'un jeune don Juan* (Folio n° 3757)

ARAGON   *Le collaborateur* et autres nouvelles (Folio n° 3618)

I. ASIMOV   *Mortelle est la nuit* précédé de *Chante-cloche* (Folio n° 4039)

S. AUDEGUY   *Petit éloge de la douceur* (Folio n° 4618)

Impression Novoprint
à Barcelone, le 25 août 2010
Dépôt légal: août 2010
Premier dépôt légal dans la collection: septembre 2002

ISBN 978-2-07-042550-1./Imprimé en Espagne.

178881